药水弄往事

任晓雯 著

上海文艺出版社

目录

药水弄往事
1

浮生·袁跟弟
120

浮生·谭惠英
131

浮生·杨敏安
138

浮生·彭娇娇
146

浮生·姜维民
153

浮生·张永福
161

药水弄往事

宋没用最早的人生记忆,是两岁时,缩在艒艒船舷边。水面升起的寒意,使她忽盹忽醒。父亲划船,母亲与两个姐姐相偎。哥哥宋大福浸一只手,滑小桨似的。河水顺掌侧破开。那手倏然一勾,一指,"药水弄!"

苏州河折了一弯,浮显大片艒艒船。月亮扎进云团,天地暗下来。上头的星星,底下的豆油灯,跟针刺似的，刺出一点一点亮。岸边几个女人在洗浣。脑袋此起彼伏，像一颗颗没有刨净的土豆。父亲宋榔头问："药水弄吗？"有苏北口音嗯一声。

全家换上体面衣裳。靠了岸，系好船，一脚踩进泥浆。宋没用身体里仍然一漾一漾，仿佛趟着看不见的水。风停了，苏州河愈发腥臭。她感觉塞了一鼻孔隔夜屎溺。想打喷嚏，打不出，哭了。

那是癸亥年，苏北人听闻上海遍地钞票，纷纷而来。在城里做缫丝阿姐的远房表亲，建议宋榔头住药水弄。老乡多，方便介绍工作。药水弄有座药水厂，还有窑厂、纺织厂、化工厂、机械厂。棚户跟出疹子似的，绕着厂房疯长。

宋榔头一家初至药水弄，住在舺舺船里。船身开裂，就上岸来。捡几根毛竹，烤成弓形，搭起"滚地龙"。帆篷为顶，草苫作门，地上铺一层稻草棉絮。外头落雨，里头跟着泥泞。母亲让孩子们捡拾芦苇、麻袋、碎砖、木板、铁皮，和了泥巴，反复修葺棚顶。

宋榔头戏唱得好,还会敲盐阜花鼓锣。从香火戏《魏徵斩龙》《刘全进瓜》《秦始皇赶山塞海》,到淮剧小戏《对舌》《赶脚》《巧奶奶骂猫》。一口高亮的淮调,唱得人乡愁百转。很快在苏北老乡中混熟。

有人介绍他做码头搬运。逾月,被辞,又觅了份新工作。每日丑时下更后,接着拉粪车。拉过一晌,应聘扫马路。他嫌市里统发的红布衫工作服丢人。不久结识个小扬州,受荐去澡堂当临时工。修脚、捶背、端茶送水。活计轻松,钱也多,还能趁隙盹觉。

两年后,宋榔头还清欠表姐的钱,又抠省零余,打点工头。有烟厂老乡牵线。厂里多浙江人,苏北人只能进烟叶车间。工作重,薪水低,仅招年轻女孩。他盘算几晚,交了钱,把十七岁的大丫头送去。

他们开始有大米吃。吃大米的顿数，渐多过吃红薯。大腿浮肿消褪了，脑门上重新生长头发。榔头气力一饱，便往别处溢。他找了相好，不小心弄出孩子。是个男的，头顶有两个旋。"双旋滚鸡蛋，长大做大官"。他疼爱幺儿，每天都去探望。时或彻夜不回家。

宋没用的母亲已经四十五岁。又喘又咳，浑身关节痛，手指发黑变形，走起路来，拖着两只扁脚，洗衣服都蹲不住了。榔头揍她。一边打，一边从后面奁她。"老婆娘，你的屄松了。"他当着孩子们说。

"妈，什么松了？"宋没用问。母亲兜头一掌。宋没用不哭。肿着脸，摇摇晃晃走开。大脑袋像要从窄肩上晃落下来。她长至五岁，只得三四岁模样。遍体淤青疤痕。肩头洼了一块，是被母亲用鱼钩剜去的。

大半年后，母亲塞一只小竹篮，让她出去拾

荒。她天不亮起来。每天拾的垃圾，能卖一二百文，偶尔四五百文。还到小菜场捡取烂菜败叶。时或偷几捧新鲜的。人家怜她羸弱，不予计较。

宋没用不识路，经常晕头转向。她琢磨了个法子：倘若是左拐，接下来的路口，便连续左拐。兜兜转转，总能回到原地。她甚至搞不清左右，就区分为：拿筷子的手的方向，不拿筷子的手的方向。

宋没用边走边记：一家商店，一杆路灯，一个小摊子。熟稔后，尝试更远。她用三个月，走遍槟榔路、草鞋浜路、小沙渡路、劳勃生路。又花半年，走出第十三警区。她逐年长高，逐年往外走。

垃圾是宋没用的玩具。拾了一角碎布，便想象自己有件衣服。把碎布比在锁骨上，来回捋折，仿佛在整理领子。捡到一张废纸，便假装是钞票。塞进兜里，又掏出来，学着二姐腔调，对空气说："老板，来罐白兰霜。""老板娘，要盒双美人香粉。"她曾掘到半个骷髅头，表面发黄，顶端破洞。洗了洗,当头盔玩。还曾穿过小半个上海,把整幅涂瓷漆铁皮拖回家,藏在邻居鸡棚里。那是宣传高档肥皂的广告牌。

宋没用最有感情的,是药水厂后门的大垃圾堆。拾荒的孩子们,蠕虫似的,爬上爬下,翻来拣去。宋没用上到垃圾堆顶,看到灰压压的草棚间,露出砖墙砖房,赭色的,褐色的,鸦青色的。那是工厂。窑厂、纺织厂、化工厂、机械厂。每一家都挑起烟囱筒。黑烟时而冲天一线,时而扬洒如旗。风向紊乱时,黑烟跟着乱,在筒口纠缠成团。

除了烟,还有水,从铁管子里滚滚而出。渗着泥,绕着棚,淤成臭烘烘的小浜。"棚户区,陷人坑;天下雨,积水深;脚下踩,陷半身。"小孩们一边唱,一边踩水玩。宋没用不敢玩,躲在用泥土填高的地坪上。母亲告诉过她,蚊蝇跳蚤,都是脏水烂泥变出来的。她怕没头没脑的小黑点,往眼眶、鼻孔、嘴巴里钻。还怕身上被咬出红痘痘,米粒大小,越抓越痒,直至血淋淋的。

宋榔头离开澡堂。澡堂是扬州帮地盘,新的扬州老大看他不顺眼。他去面粉厂,做临时工,扛面粉袋。继而攒了钱,托着东邻蒋大哥,做起黄包车夫。蒋大哥和榔头,外加一对姓孙的高邮兄弟,从开车行的苏北老乡那里合租一辆人力车。孙氏兄弟拉白班,他和蒋大哥拉晚班。榔头从面粉厂下班后,隔天轮流,拉六七个钟头的"车屁股"。凌晨几小时,出让给一个阜宁老头。老头六十二了,怕巡捕和乘客看出年龄,黑帽遮面,只露两只眼睛。

现在,除却面粉厂工资,每月能多挣十来块。偶遇乘客慷慨,单趟就有一块钱。他们那辆车,是工部局牌照,俗称"大照会",可跑华界、法租界、公共租界。榔头满上海兜转。吃红灯时,和其他车夫斗嘴说笑。绿灯一亮,即刻抖起车杆,往前飞蹿。超过马车、汽车、自行车,蹭过穿制服的交警,直至被下一红灯拦截。

入伏后,面粉厂淡季。榔头睡饱了觉,闲暇花不完,就去茶室。聊天、打牌、听评弹。偶被邻居拉着麻将,连打连输,不敢再赌。他知道哪几条巷子里,有廉价鸦片窝。蒋大哥告诫碰不得——他以前的搭档,就让鸦片废了。

有阵子,榔头迷上"江北大世界"。婆娘说:"带上没用吧,让可怜孩子领领世面。"榔头不喜欢宋没用。她长得像她妈,枯瘪瘪的,仿佛从旧生活里走出来。哀求再三,勉强带上。婆娘嘱咐宋没用:"好好盯着你爸,要是他又见那狐狸精了,就回来告诉我。"

榔头通常到法租界安纳金路。有时去八仙桥、宁波路、爱来格路、东自来火街、西自来火街。他怕女儿走失,拿麻绳系住她腰,一路牵着。江北大世界,把戏多得不敢想。说书、车技、剑术、斗兽、驯猴、说唱、吞剑、气功、变戏法、独角戏、西洋镜、木偶戏、走钢丝、说因果、唱大鼓、现代话剧、畸人表演。还有江北戏班,街角随意搭个台,就开唱起来。

宋没用最爱西洋镜。榔头交过两分钱,将她抱近小圆洞。她透过油污斑斑的放大镜,看见一个黑木匣子。里头有撑洋伞、戴窄沿帽、穿鲸骨裙的女人。捻着裙摆,站在田野里。缥碧的天,葱黄的地,深深浅浅的花。每一种颜色,都比真实世界的鲜亮。宋没用看得脑袋一嗡一嗡,感觉自己也活在了画境中。

榔头开始胃疼,时而拉稀,时而便秘。后颈起泡流脓,双目见光落泪。体力也变差。蒋大哥说,车拉久了,都有这毛病。婆娘却道:"被外头狐狸精掏空了吧。"

拉白班的孙家弟弟,被一个洋买办包下。每月发十块银元,提供食宿衣物,另有小费。孙弟把私人包车牌照租给蒋大哥。蒋大哥很快有了私人熟客。是几个妓女,假装成良家,在"上只角"坐车闲逛,寻觅金主。偶有巡捕查车,就让嫖客冒充是包车的东家。

拉上"野鸡车"后,每月能挣四五十元,扣掉三元牌照费,七元伙食费,约抵小学教员薪水。蒋大哥拆掉滚地龙,建起了草棚。棚顶是硬铅皮的,有木门和泥巴墙,墙上凿洞为窗。又搭出阁楼,每月一元,租给别家。还买了两件家具。一把椅子,略有高低脚,坐不安稳。一只柜子,旧得辨不出木色,抽屉仅能拉出一半。但它们是真正的家具,让草棚子体面起来。蒋家小儿子把要好的邻居小孩带回家,允许他们摸摸椅子,拉拉抽屉。

蒋大哥有三个儿子,都送去人力车夫互助会读书,自己也在互助会识字。他计划拼搏三年,攒够票子,做转租人力车的二老板。他将穿起长袍马褂,成为体面人。

婆娘问榔头，为啥不拉野鸡车。榔头说，怕被抓罚钱，"钞票还是小事，上次看到个拉野鸡车的，给逮着了，被'红头阿三'拖到上街沿，一顿打。"

"蒋家就没罚过钱，也没挨过打。"

"那是他运气好。他是他，我是我。再说了，做人能一辈子靠运气吗。"

婆娘不语，转头在孩子们面前嘀咕，"胆子忒小，还算男人吗，也就欺负欺负家里人。"

腊月里，日本人疯起来。飞机嗖嗖，炸弹轰轰。宋没用觉得热闹，仿佛过年似的。母亲不许她拾荒走远。"听说闸北炸没了，南京路上在打枪。东洋鬼子最爱抓小孩了，尤其你这样不听话的小孩。抓到以后，扯成两爿，蘸着盐巴吃掉。"

少刻，母亲又嫌宋没用垃圾拾得少，更兼炮声扰人，便发起无名火，将小女儿饿一顿，打几下，推出去,"别回来了,让东洋鬼子吃了你。"宋没用跪在黑夜里哭。嗓音哑了,便嗯啊抽噎,半昏半睡过去。后夜,大姐出来,抱她回去。给她擦脸,擦手,盖好被子。

大姐二十四岁了,烟厂老员工。烟叶车间湿热,满是灰尘烟屑。蒸汽是黄色的,熏得汗水也黄了,在衣服上淌成一道道。她开始像母亲一样,每日拖泥带水地咳嗽。她的相好给她买冰糖。他是盐城人,泥瓦工。母亲时或让他相帮体力活,却迟迟不允婚事,"大丫头一走,这家就塌了一半。"

立夏过后,日本人消停了,天气倏然转热。蚊子比往年出得早,昼夜嗡嗡聒噪。宋没用捂着一身汗,等待再热一些,可以脱却棉袄,光了膀子乱跑。没有任何征兆地,瘟疫来了。

起先是蒋大哥家。大儿子低烧、胸闷、喉咙充血。依了土方,给他灌盐水去毒。二儿很快也染上。有人谣传,蒋秃子从"野鸡"身上得了病,传给孩子们,"别以为赚了几块钱,盖个大棚子,有啥了不起,凡事都有报应的。"瘟疫随了谣言,一传十里。钱家双胞胎、赵家大伯、孙家媳妇……人跟草似的,随势伏倒。

没有一家去医院。怕破费钞票,又救不回人。邻里凑钱,请了个道士。道士用鸡血和了墨汁,说要画符驱邪。杀的是宋没用家的鸡。那只鸡冠萎缩的老公鸡,颈上挨了刀,疯叫着,扑腾着,满地跌撞。婆娘跟在后头嚷嚷,"为啥杀我家的鸡,招你惹你啦。"

有劝道:"道士算过了,你家的鸡最灵验。"

"要是不灵验,你赔我吗。"

"怎会不灵验。乌鸦嘴,呸呸呸。"

也有说:"报纸老早讲了,这里公共卫生不好,容易得病,我看不是没道理。瞧瞧,猪圈挨着屋子,鸡鸭索性住在屋里厢,你睡床上,它睡床下。能不得病吗。"

"人生了病,关到畜生什么事。"

"你穷得养不起,眼热我们。"

"算他识字,会读报纸了。"

"我看是给政府收买了吧。为了几分洋钿,良心被狗吃了。什么公共卫生,'雌共'卫生,政府一直找借口,想拆棚子。拆了让我们住哪去。"

一时激愤,推搡起来。宋没用家的老公鸡,忽地直挺挺立住,跟个人似的,浑身抽搐。道士赶过去,补一刀。一边接血,一边念起咒来。

做过法事后,瘟疫更凶了。死的人一多,各家多少压着点哭声,免得被说大惊小怪。认同"公共卫生"问题的,闹将起来。有饲养的人家,开始宰猪杀鸡。也有舍不得的,邻居偷偷替他们宰杀了,只好吃瘪。

旋而入梅,暴雨不息。旱船、棚屋、滚地龙,纷纷坍斜倾轧。平日走人的"阎王路",被煤屑和泥土反复夯高,蓄不得水。雨水便刷着秽物,裹了霉臭和沼气,灌进屋子,没及膝盖。

疫情愈发被推涨,三户里病了两户。暂且还活着的人们,眉眼耷拉,动作迟缓,一副听天由命的样子。月余,大水退去,留一地垃圾,嵌在泥浆里。棺柩陆续停厝出来。多是杨木的,也有几具松木的,由碎板拼缀而成。孩子们配不得寿材,就钉个木匣子,或者装进瓦罐。

渐渐俭省了,大的小的,都包一张草席。继而草席也略去,直接放在门口。时有偷衣服的,将剥光了的死人,扔在泥水里。泡过一夜,青白的屁股浮出来,这里一爿,那里半只。

流浪狗嗅到尸臭,抽着鼻子来了。人们用脚踢,用竹竿捅,用吆喝声吓唬。它们不怕。它们野了,吠叫的样子像狼。人们也就顾不得,一心巴望尸体被弄走。

天色微亮时,收尸的来了。戴着手套,将尸体裹了白布,扔在板车上。每天一二十具。重的在下,轻的在上。叠压整齐后,又左右推紧,这才走起来。轮子蹚水,吃力不匀。车身稍一歪,尸体就滑落。收尸人骂骂咧咧,捡起,重新堆好。宋没用几次被吵醒,想出去看,被母亲摁住。一次,母亲允许她看。那是大姐被推走的日子。

大姐死的时候,父亲不在。他那头顶双旋的私生子,也染了瘟疫。他守在姘头家。大姐躺在月光里,嘴唇跟烤焦的鱼皮似的,哈出一口口腐败气。下半夜,野猫呜咽。宋没用伸了手,没摸到大姐,咦一声,又睡过去。不知多久,母亲踢醒了她,"起来,送送你苦命的姐。"

屋外雾重,全地染了湿气。二丫头拉紧母亲,母亲搭住宋大福,宋大福贴着宋没用,粗重的呼吸,喷在她头顶。宋没用眼皮发沉,膝盖发软,只想逃回梦里。

母亲犹豫再三,给大丫头留了背心裤衩。裤衩是本命年新买的,一点亮红,扎在晨色中。收尸人一卷,一抛。红色落入板车尸堆,不见了。母亲发出一记细细的声音,仿佛喉咙鲠着了,继而喘咳起来。宋没用耳朵一刺凉,清醒了。眼巴巴看着板车,东一歪,西一斜,从家门口远去。

逾数月,瘟疫结束了。有人在弄口墙垣上,用石灰粉写了四个字:"人口平安"。幸存者盘点损失,振作生活。母亲把大丫头的头绳发夹,随手给了宋没用。两件短口衫,一双蝴蝶鞋子,自己试过,穿不了,给了二丫头。

二丫头在"钢窗蜡地"的花园里弄做娘姨。工作是父亲的姘头介绍的。父亲让她喊"孃孃"。孃孃是个盐城寡妇,在同一条弄堂上班。初次见面,送了双妹花露水和旁氏白玉霜。二丫头觉得花露水好闻,做娘姨体面,"孃孃"比亲妈和气。

二丫头面孔圆白,一道垂丝前刘海,发鬏绾低在后颈窝。平常出工,穿大襟衣服和长裤,反系一条爱国布围裙。休息日换上织锦缎旗袍,头发松在肩上,仿佛月历牌人物。

宋没用整天黏她,让她讲讲"无饿的"。东家封先生,教二姐学洋文。二姐一词半句的,转授给宋没用。宋没用把"world"记成"无饿的"。在二姐的"无饿的"里,人们去大光明看电影,在王开照相馆拍照,至吴良材配眼镜,到培罗蒙置西装。男女搂着跳舞,还在同一个水塘子里游泳。有种物什叫电风扇,会自己吹起风来。还有电话和留声机。女孩们吃冰淇淋,"就是一种冷的糖,黏黏的,软软的",封先生请二姐吃过。

封先生和洋人打交道,熟悉多种洋文。他家有煤气、浴缸、抽水马桶,还有小汽车。封先生什么都懂,什么都会。和佣人说话轻声轻气,笑眯眯的,还替二姐拉门。模样也好,像赵丹。宋没用问:"赵丹是谁?""一个很漂亮的明星。"宋没用恍然道:"哥哥说了,有次见你和一个拄拐棍的矮男人在街上走。"二姐脸红了，甩手一耳光。少时，拉过宋没用，替她揉一揉，"那不叫拐棍，叫文明棍，'司的克'。"

母亲听不得"风（封）先生、雨先生"，拿钳子戳她，骂她不要脸，"别以为卖屄给上海男人，自己就算上海人了。"二丫头隔开她道："你再打，我不给你送终了。"母亲这才作罢。二丫头对宋没用道："还真指望我送终，笑死个人。我要走得远远的，让死老太婆自己折腾去。对啦，她以前不是爱说'死了算了'吗，现在怎么不说了。"

母亲的确不说了。她先前失了几个儿女，伤心一阵子，也就熬过去了。这次大丫头过世，却让她真真切切感到，死亡这件事，离自己不远了。她现在走路更喘，睡觉常把自己咳醒。几次半夜透不过气。仿佛整个胸膛里，装满带血丝的浓痰。吐到气竭了，痰液便卡着喉咙，忽上忽下。渐至高烧起来，仿佛有团文火，在背脊骨上烤着。她几次以为,自己也染到瘟疫。啊呀呀,苦了一辈子,居然来不及享福,就要去死。这让她惶恐,又无法忍受。

她开始念叨老话。比如,看见黑猫会得病;朝井里撒尿要遭雷劈;吃鱼不能翻鱼身,否则诸事不利;把筷子竖在饭上,会招致小鬼索命。一次,宋没用斜插筷子,被她打得耳朵流血。

她从烟纸店讨来一张观音小像,用米糊粘在棚顶。每日双手合十,跪拜祈求。菩萨保佑我无病无灾,长命百岁。有钱花,有饭吃,有儿孙孝顺。宋没用也被摁倒在像前,"快给观世音娘娘磕头,磕得越响,就越灵验。"观音的脸被画肿了,脑后一大轮光圈,酷似鸡蛋饼。宋没用胃里一抽抽地饿起来。

母亲道:"你要待我好,菩萨才能保佑你活着。"

"菩萨为啥不让大姐活着?"

"因为她心不诚。"

"那她死了以后咋办?"

"死了以后,阎王爷审审你是坏人好人。坏人扔在油锅里炸酥了。好人重新变成小小囡,从娘肚子里生出来。"

"大姐重新生出来,就变成我妹妹啦。"

母亲兜头一掌,"话忒多,没完了,"又道,"以后不许再提'死'字。"

宋没用扁起嘴。

"不许哭。"

刚冒头的哭声,被唬得缩回去。宋没用噎了一口气,打起冷嗝来。是夜,睡不安稳,梦见拖走大姐的收尸人。她已记不清大姐模样,却把收尸人记了个清。马脸,窄目,身量高长。衣服补丁叠补丁,辨不出原来形状。仿佛为了俯就这尘土的世界,他弯了腰走路,下巴几欲戳到胸口,似在鞠一个长长的躬。身后板车上,哭声细碎不绝。宋没用想起油锅、黑猫、坟香似的筷子。"观音娘娘救我。"惊呼而醒。

蒋大哥三个儿子都瘟死了。他大病一场,染上烟瘾。榔头找了两个月,在法租界"燕子窝"里找到他。他正歪着脑袋,凑在一笼烟灯旁。小厮捏了烟针,将烟泡子挑进烟锅。他把竹烟杆子一搠,架到烟灯上。榔头跌足詈骂,与小厮推搡。来了两个大块头,捋起袖管,左右夹押,把他从一榻榻烟鬼间拖过去,扔出门外。

榔头只得重新找搭档。新搭档姓范,人称"范猴子"。榔头问猴子,他老家海门,算是苏北的富地方,为啥一个人来上海。范猴子说,他爸嗜赌,赔光土地,家里十几个娃等吃饭,"幸亏出来了。上海这地方,满街随便捡钱。""瞎讲,哪有这么容易。""那是你门槛不精,来来来,我教你几招。"

范猴子在上海待久了,学会听音识客,分辨老上海人、外地人、新上海人。后两者统称"乡下人"。乡下人随便"斩"，绕路、乱改价、中途停车勒索。码头附近，"乡下人"最多。尤其穿长衫那些，喊不起小汽车，又嫌自己拎提箱没派头。"这种人最怕被看低，你就偏偏看低他，眼睛横起来，架子端起来，像我这样——"乜斜着眼，用鼻腔哼道，"三只洋，少一分不走。"

范猴子在夹衣第三粒纽扣下，开了个洞口，藏一枚镀银铜片。在乘客付钱时"调元宝"，诈称收了假币。乘客嚷嚷起来，他便解开衣服，任凭搜看。运气好的时候，一天能讹二十多元。"开头有点怕，后来见了巡捕都不怕。你想想，一样是人，为啥他们坐在车上，你吭哧吭哧，拉着车跑。让他们多掏点钱，也是应该的。"

榔头也弄一枚假钱，藏在防雨帆布底下。得手渐多，"老油条"起来。一日，跟客人说定，三十铜板打来回。拉完单程，耍赖道："明明讲好的，单程三十，来回六十，现在就给钱。"客人也不争，招来几个朋友。梛头见场面不善，撒腿跑，背后挨了一砖。

自此收敛了，又不甘像从前那样，赚点清汤似的钱。移时，范猴子有个老乡，被洋人包了车。范猴子说："支那人又凶又抠门，有啥了不起，咱们拉洋人去。"梛头道："洋鬼子都是绿眼睛，怪吓人的。""吓个屁，比上海人和气多了，上海赤佬都是眼乌珠长在头顶心。咱们跟洋人混熟了，还瞧不起他们呢。"

梛头觉得有理，依样到洋行、戏院、旅馆、舞厅、大商店门口蹲点。很快胆子肥了。不管英美人、犹太人、俄罗斯人，径直往上冲。半年后，他拿新攒的钱，凑着积蓄，将滚地龙升级为草棚，还安装玻璃窗。弄堂里的其他人家，要么没有窗户，要么在墙洞上挂草帘，权作窗户。一时纷纷来参观。

榔头新买了西式便帽,睡觉都不脱。故意拉歪帽檐,抱起手臂,曲一腿,微抖着。一遍遍对邻居们说:"玻璃窗不值几个钱,关键是洋气。老子现在专门拉洋人了。洋人爽气,从来不杀价。有一趟,我拉一对罗宋人,从外滩到南京路。罗宋男人问,'好妈去'(How much)。我想了,虽然几步路,眹眹眼睛就到,但两只胖子,一车子肉,重死我。就大了胆子,伸三根指头。罗宋人屁都不放,马上给三只洋,还说'三克油'(Thank you)。所以吧,我以前真是戆煞了,跟中国人搞不清爽。现在拉三四车洋人,一天就赚饱。当然啦,凡事都有门槛,不是随随便便就行的。要学洋文。'卖斯丹'(Master)、'卖大母'(Madam),'力克西(rickshaw)',晓得啥意思吧。不是吹牛屄,我学得最快了,几天下来就'外瑞古德'(Very good),比二丫头'古德'多了。她跟上海人学的,纯粹是'洋泾浜'。"

一晚，榔头拉了个西班牙海员，从虹口到法租界，跑了五英里。海员下车就走，被榔头一拦，瞬即抽出刀来。榔头怯了，拖着车子跟住。海员穿过卵石路，进入卡巴莱酒吧。榔头抓他衣角，被管门的搡出来。

榔头坐到上街沿，瞅着对面铁皮路牌。中文字"朱葆三路"，不识得。外文字"SAN-PAO-CHU-RUE"，亦不识得。只知这里叫"血巷"。每至夜间，霓虹跟狗皮膏药似的，一块叠一块。音乐聒得耳朵痛。小汽车，黄包车，载来一车车洋人。多是流氓阿飞，喝酒、跳舞、打架、按摩、赌钱。这里的中国女人，被唤作"钉棚"。穿旗袍的，穿洋装的。嘴唇红成猴子屁股，发卷硬得像钢丝，浑身丁零当啷的假珠宝。任由摸奶摸屁股，收个三五毛钱，就给洋阿飞钉一钉。

榔头忽念到自家妍头。往地上啐一口，又伸脚蹭掉。外滩码头离此不远，姘头的艚艒船，就在码头边。他想象江水翻着白沫，撞向岸堤，留下一波波湿迹。煤油灯随了泊船浮荡，眼看熄灭了，倏又往亮里一闪。

姘头的那条船，篷顶破了洞。月光一洞一洞，泄在她脸上。自打他俩的儿子死了，她就冷淡他。他不明白，她要他怎样。孩子染病后，他天天探望。又给二十块钱，让买一副柏木棺材。大人都用不到那么好的棺材。他问她，不说。吵过几架，欲不来往，舍不得。她是个多么湿软的女人啊，手又巧，心思又密。有时未免太密，跟隔壁姓蒋的一个德行。生死都在老天爷手心里呢。死就死了，活就活着，有啥好多想。他都死过七个孩子了。榔头鼻尖发热，轻哼几句《席棚会》，被爵士乐扰了调子，便抿住嘴，两眼定怏怏的。

忽见海员出酒吧，勾着一双妓女，伙着三五同伴。榔头堆笑上前，"卖斯丹，车钱，车钱。"海员瞪视他，把一个啤酒洋葱味的嗝，喷在他脸上。继而撩起一拳。女人纷纷惊呼。榔头不及反应，面颊就磕在地上。

颧骨疼，摸一摸，没血。他爬起来，尚未站直，腰侧挨一脚。踉跄抓住路牌杆子。被人卡住脖颈，往后扯开，仰面扔出去。眼见几只脚底板过来，他赶忙双手护面。一只穿皮鞋的脚，踩住他的手，左右揉践。另有一脚踢他肚皮。他掩护不暇，便蜷起身子。皮肉相击的啪啪声，内脏震荡的噗噗声，骨骼受挫的咔啦声。有那么一刻，他担心人力车被偷，便扭头张一张。有火辣的液体淋入眼睛。是那个海员，朝他浇啤酒。又掏出火柴，嚓嚓晃响，抽出一支。旁人抢夺火柴，被他一掌推开。榔头趁机一滚，翻身爬向黄包车，挣扎而起。海员被人拦住，没有追赶。榔头撑住一口气，拖着车子，颤着两条腿，流着满面血泪，往药水弄方向疯跑而去。

榔头的右手腕黑紫了,久久不褪。婆娘找了个懂点中医的老乡,帮他掰弄一番,念几句咒。愈发肿起来,硬邦邦的。日疼夜疼,烂出一股馊饭气味。范猴子来探望,提及仁济医馆,看病不花钱。

婆娘道:"天底下哪有不花钱的好事体。"

范猴子道:"你出去问问,'山东路医院',啥人不晓得。你男人也晓得,就是没想到。其实也未必没想到。"

榔头说:"我不像那些上海人,吃饱饭没事干,整天跑医院。生小囡都去医院,怪吧。"

范猴子笑道:"你呀你,胆子小,还忒要面子。"

婆娘道:"范阿哥,你再讲讲,真不用花钱啊。"

范猴子道:"医院是洋人开的,他们最喜欢做赔本的戆事体。有人讲,他们一点不戆,开医院是为了宣传他们的菩萨。现在很多有钞票的上海人,都改信洋菩萨了,叫什么耶稣。也有人讲,医院是装装样子的,洋人暗地里做坏事体,要害中国人。"

婆娘啊呀一声。

范猴子道:"也讲不好。前几年,我侄子生毛病,中国人看不好,快咽气了。送到山东路医院,被洋医生救回来。山东路医院里头,乌泱泱都是中国人,楼都快塌了。洋人近几年又投钞票,造了新的楼。六层头的,比老楼多四层。"

婆娘想一想,道:"我们不信洋菩萨。不过这次我求观音娘娘,似乎不大灵,换个洋菩萨试试也好,反正不花钱。"

榔头咕哝:"我不去医院。"

婆娘唤住宋没用,"明天陪你爸去医院。给我仔细着,别让洋人坑了。"

范猴子睨视宋没用,道:"这是幺女吧,这么小,几岁啦。"

婆娘算了算，道："十岁出头吧。"

"过几年该嫁人了。"

"嫁人？想得好。白白吃掉我那么多饭，就想飞走。"

宋没用羞怯了，拎了马桶，拿了揢笀，往外走。

婆娘呵道："现在刷什么马桶。"由她去。

翌日，榔头吃过泡饭，加披一件外套，空着袖管，坏手掩在衣襟里。宋没用扶他，感觉他皮肤滚烫。他抖掉她的手，慢吞吞走出弄堂，叫一辆黄包车。坐稳了，吁一口气，朝女儿努努嘴。宋没用也上来，靠边坐，并拢双脚，手插在大腿间。

榔头是外头跑惯的，闭门数月，早已憋坏。在风里吹了一程，疼痛稍轻，生出点气力，对车夫道："小兄弟，新手吧？老哥教教你，车杆子往上提，脚头就轻了。老哥我是专门拉洋人的。从苏州河石拱桥下坡，可以连人带车飞起来。上坡吃力些,让小瘪三们帮忙推推,散几只铜钿。不要舍不得,你还年轻,往后日脚长了,才晓得省力的好。"

等了等,车夫不理。他扭头对女儿道:"上医院是最容易被'斩'的。我没做洋人生意时,经常拉人上医院。尤其生大毛病的人,急吼拉吼的,随便你开价。我反而搭搭架子,假装听不见,过一歇歇才说,'做啥?上医院?啊——两只洋'。"榔头翻起眼白,演给女儿看。宋没用笑了。"医院里头啥人都有。挨枪子的,撞电车的,吞鸦片自杀的。还有在工厂上班,一只手卷进机器里的呢,五根指头全没了。啧啧。"

宋没用又笑。父亲很久没和她说这么多话了。天底下的事,他样样懂,上海话又地道。他命令三个孩子,在家讲上海话。宋没用乡音重,不敢在他面前开口。此时见他兴致高,便轻声道:"爸,我能不能跟二姐一样,去当娘姨,领点世面。"

榔头一怔,"过几年吧,等你大了,让孃孃给你介绍人家。"宋没用不知孃孃是谁,嗯一声。榔头想起妍头了。等到么女长大,俩人是否还能好着。他有过十来个女人,在她身上花钱最多。数日前,他让二丫头告诉她,家中有事,暂不能见,她也没回话。不会另有花头了吧,这只白眼狼,小骚狐狸精。一念至此,他手腕大痛,浮出一背虚汗。便挂下脸,掩了掩衣襟。宋没用以为自己说错话,抿住嘴唇,左手掐掐右手。

到山东路,付钱下车。宋没用见一栋方正的建筑,赭褐色外墙,嵌了一排排落地钢窗。窗玻璃反着光,跟小太阳似的。门口候了一排黄包车,车夫们嗑着三胡,觑着人进人出。榔头挺起胸,径直往里去。宋没用犹豫一下,又扶他,被甩开。

榔头走得慢,几次被人往来蹭碰。"肏你妈,肏你妈。"渐有火气。宋没用熏了一鼻子消毒水味,昏头昏脑起来。拱顶长廊,樱桃木雕花护墙,油光光的打蜡地板,每样显得不真实。

一楼房间众多,皆挂了门牌,写了中英文字。几条看病队伍,歪歪扭扭拖长着。榔头吃不准,该排哪条队,停步骂女儿:"要你来干嘛的,只晓得东望西望,没见识的东西。"宋没用诺诺,靠墙站。

少时,一名修女经过。榔头啐道:"洋鬼子。"修女扭头看他。他不禁欠欠身。修女踅回来,用声调古怪的中文道:"请问需要帮忙吗?"榔头不语。宋没用第一次挨近洋人,看清浅蓝眼珠子里,一丝一丝的虹膜。还有睫毛和汗毛,是近乎透明的金色。

修女抽抽鼻子,闻到了什么,上下睒视,指着他的右手。榔头捻一把脓水,扬起道:"坏了,坏了。"修女做个手势,引他们往左走。榔头拦住宋没用,"等等,"左手窸窣掏摸,摸出钱袋子,"帮我拿着,万一给洋鬼子偷去。你也别耍花招,里头多少钞票,我有数的。"宋没用接下,抱牢。

修女停在电梯前。榔头父女也停住,距她三四步。电梯门开。修女招两遍手,榔头和宋没用进去。启动时,宋没用吓坏了,双手抠住轿厢壁,眼睛盯着梯门上的指针。指针移一格,电梯停一次。

停过三次,出来。榔头见一条长椅,便命女儿坐,"你跟去干嘛。帮不了手,还添乱。我马上出来的。你重要东西收收好。"宋没用捧紧钱袋,眼看他尾随修女,走入房间,这才挨着椅子边坐下。

这一层人少,偶有白大褂经过,皮鞋底嗒嗒作声。一只一只壁灯,从白墙上蜿蜒出去,至尽头,断在玻璃窗前。一扇阳光透入,楼梯闪光。栗色的红椿木扶手,盘旋而上,终至看不见。宋没用等得发闷,饿起来。饿过头,又犯瞌。便躺倒在长椅上,缩起两只脚。

她已很久没有睡整觉。榔头夜夜痛醒,詈骂婆娘。婆娘转而骂女儿。二丫头顶嘴,母女争吵,竟至动起手来。盆子，铲子，咣咣响。母亲奈她不得，掉头踢打小女儿，还拿鞋板甩她，"让你装睡，明天没得吃饭。"

此刻，拳脚落下，居然不痛。宋没用窃喜，一动不动。母亲骂将起来。骂一晌，忽道："糟了，你爸死了。"宋没用惊醒，脑袋嗡嗡胀痛，不知身在何处。啊呀跳起来，左右顾盼，见钱袋子落在椅脚边。慌忙捡了，捏一捏，塞在口袋里。

她蹑手蹑脚，去倒数第二间。门开着，房中无人。她以为记错，又到隔壁，趴着门板听，也没人。转了个遍，想下楼找，怕和父亲失散，只得坐回长椅上。

走廊彼端，阳光渐渐转红，钢窗的影子斜打在墙壁上，仿佛一格一格牢笼。走廊这头更暗了。有人喊："家属，家属，家属。"片刻，宋没用意识到，是在叫自己，砰地站起来。一个戴圆眼镜的白褂中国女人，走近问："宋榔头家属？"点头。"请到五楼去,手术做好了。"宋没用慌张张跟上。"病人手腕骨折太久了。现在感染严重,只好截肢。"宋没用听不懂,毂觫起来。"他坚持说一个人来的,没有家属。刚才问了玛丽亚嬷嬷,才晓得你在这里。病人刚醒,麻药劲道还没过,你留意一下。"宋没用觉得"麻药"耳熟,似听父亲说起过。念头一转,以为是鸦片,胫股皆软,颤声道:"他会死吗。"

婆娘要去仁济医院闹,"让洋鬼子把咱家下半辈子口粮赔出来。"到底没去。她揍宋没用,揍断一根扫帚。又站在弄堂里,逮住人哭诉,说医院剁了她男人一只手。人道:"人家要你的手干嘛,难不成金子做的,秤了好卖钱?"她道:"他们拿他的手去做法术,下洋蛊。洋鬼子喜欢把手啊、脚啊、心肝啊,泡在水里,用透明罐子封住。对了,还有刚出生的小囡呢。我家幺女亲眼看到,没用,没用,出来说说。"宋没用只是哭。"哭你个头。叫你'没用',果然没用。他们要剁手,也不拦着,让你去干嘛的。范猴子跟洋人混久了,也坏了。我一早说过他,天底下哪有不花钱的好事。"

起初,榔头骂婆娘:"你懂个屁,只晓得瞎讲,"渐渐改了口风,"该不是医院真骗我吧。明明说把手剁了,就好了。我总感觉手还在,还会动,火烧火燎地疼。"他睡不着觉,也不敢睡。偶尔迷糊过去,梦见血淋淋的右手,跟老鼠似的,爬到自己脸上。有说这叫"鬼脚痛",应该看一看。榔头道:"我这辈子再不看医生,也不会让我家里人看。"

一日,二丫头拿了五块银元,悄声道:"嬢嬢让我跟你讲,她也困难,大家各过日子吧。""'各过日子'?啥意思。快去还她,跟她讲,改天我去看她。"二丫头把钱塞进他右口袋,"你们的事,我不管。"转身出去。

榔头将左手伸向右口袋，抓了几下，抓不着。身子一歪，落下一道泪。少时，泪水干了，眼睛仍闭着。旁边宋大福一直假寐，此刻等了等，捺不住，过来偷钱。衣褶子嚓嚓一动，榔头睁开眼，"小畜生，整天吃了睡，睡了吃，还当起'剪绺客'来了。滚。"

宋大福退出棚外，告知母亲。婆娘冲进来，搜走银元，骂道："你那些乱七八糟的事，别以为我不晓得。瞧瞧你，头发都没了，像只偎灶猫。不过是断了只手，又不是断了屌。不出去想办法赚钱，整天躺倒混吃等死。也就我，良心好，换个女人早把你踢出去了。"

榔头道："死婆娘，抖起来了啊，看我打不死你。"婆娘丁啷啷攥紧银元，"打呀，打呀，看你用哪只手打。"榔头面皮涨红，伸手撩她。婆娘一避，退出门外，"今天没饭给你吃。"

翌日，榔头从褥子上起来，换身衣服，去找范猴子出主意。范猴子说:"上次帮你出主意,反被你家里人骂,真是吃力不讨好。"

"婆娘没见识,不用理她。"

"是吧,"范猴子谛视他,"你忒瘦了,眼睛没神。得把精气养起来。留了两条腿在,能走,能跑,就能赚钱。只要赚了钱,家里婆娘服服帖帖,外头女人随便找。"

榔头不语。

"手上好了吗?"

"还在痛。痛得厉害了,就想一头撞死算数。"

"不至于,"范猴子笑了,"我有好东西,帮你解解痛。"

"我不碰鸦片的。"

"切,当我什么人了,怎会拿那种东西害你。不讲了。"

"你讲,你讲。"

"我有个侄子,以前做酒头工的,现在投奔我来。我就跟他讲,你有一技傍身,不用像我这样卖脚力,要不合着卖酒呗。那小子,屌毛没长全,手艺却老道,煮的酒一点不酸。你尝尝,活活血,手就不疼了。"

榔头以前偶尔小啜。初次醉酒,哦哟一声,心想原来这么好,仿佛全世界的秘密,被他发现了。断手长出来了,姘头跑回来了,瘪掉的钱袋,满当当鼓起来了。他待过两天,喝光随身零钱,回家偷了两块银元,继续往范猴子家跑。

婆娘找来,骂范猴子"狗屎养的",说他诈钱。范猴子道:"看看,我就说了,好心没好报。"婆娘道:"榔头当初跟你一起拉车,垫过五块押金。你现在有了新搭档,好把钱还来了。""哪有什么押金,老宋醉糊涂了。"两厢争执。范猴子叫来侄子,把榔头和婆娘轰将出去。

婆娘叫骂一晌,踢打自家醉汉。榔头不觉得疼,软着手脚,嘿嘿笑。婆娘道:"随你去,我走了。"独自走了。是夜,榔头不归。宋没用担心,问二姐。二丫头和婆娘说。婆娘道:"那么一条壮汉子,有啥不放心的。随他去。"

二丫头道:"天冷了,他还穿的单衣。"

"不妨事,醉着不怕冷。"

"可是……"

"可是啥。你这么孝顺,私房铜钿拿出来,帮他买酒啊。"

二丫头不语。

宋大福道:"他现在可古怪,没喝酒时,也跟醉了似的。"

"不是醉,是疯。宋家一直出疯子。你们的太爷爷,是发疯跳河死的。你们的爷爷,做完五十大寿,突然把家砸了,跑出去就再没回来。你爸还有个二伯,我见过的,疯了以后满村子跑,"婆娘拉高嗓门模仿,"'阎王讨命来喽,做亏心事的别锁门哦。'"倏然一阵夜风,咣咣摇动玻璃窗,屋内默然。俄顷,婆娘轻语道:"二伯那时也五十出头。差不多年纪了,该来的总要来。"

榔头果真疯起来,各处讨酒喝。喝罢,四下乱晃。晃到腿软,就地一瘫,任由小流氓扒走衣服。婆娘打他,随他光着膀子。烟纸店来索债,她道:"谁敢卖他酒,我就砸谁的店。"乖乖付了钱。宋大福学着母亲,喊他"老屄样子",将他滚到屋角去。二丫头忍耐不住,扔一块旧棉布,"臭死了,没用,你给擦擦。"宋没用帮父亲擦脸、洗手、抓痒痒、掐虱子。榔头扭来扭去,"做什么,别碰我,难受。"

他时常半夜起酒瘾,外头跑一圈,没着落,回来抱住婆娘,咕咕哝哝乞求。又吼叫、哭嚎、砸东西。耗尽气力后,趴在屎尿里,光屁股朝天,小腿抽搐不已。婆娘说:"你把自己的屎吃了,我就给你酒。"他肩胛骨耸了耸,轻呼道:"妹妹。"

婆娘背脊一激灵，想起他曾唤她"妹妹"，她则呼他"阿哥"。遥远得仿佛上辈子了。他也曾面色赤黑，胸肉块子硬邦邦。两条短壮的腿，整夜绞住她。那是她毕生仅有的好日子。

"妹妹，妹妹。"他又喊。婆娘啐一口，"少来，不吃你这套。"气咻咻睡下。翌日醒来，见他仍是隔夜姿势，四肢胡乱拧着，像是浑身关节失了灵。拍他，不动。踢他，不动。她慌了，探探鼻息，摸摸额头，又扒拉起他的眼皮。褐黄色眼珠子，蒙了一层灰，悬在泱泱眼白间。她颤声道："阿哥。"眼珠子应了声，隔楞一转。她即刻甩手，"老屎样子，装死。"他脑勺嘭然砸地。

婆娘让宋没用打一桶水，亲自帮他清理。"别以为是我可怜你。实在看不下去。一只猪，一条狗，都比你干净。"她洗他的脸，胸脯，肩膀。洗到光秃的右腕，便骂："被你欺负一辈子，风水转过来了吧。老天有眼，观音娘娘保佑。哼，你想随便服个软,就让我放过你。晚啦,都晚啦,等着吧。"洗到左手,她蓦然噤声。那手坑坑洼洼,没一处好肉整皮。暗红的旧口子上,翻出血嫩的新口子。全是他酒瘾发作时,自己啃的。婆娘摔开他的手,哽声道:"死人,死人,怎么还不去死。"

榔头哼哼着,往她乳房上蹭。她推开,他又蹭。她重新擦起来。抹布一抖,触到他的下身。他颧骨凸动,淌下一径口水。她知道,他在笑,便也笑了,轻掴他的脸,"下作胚,你那个沈家小姨子呢,还有姓王的、姓庞的,还有还有,那个叫什么来着的,年纪一大把了,还往头上插花的骚老婆子。别以为我不晓得,我全晓得。现在落了难了,你那些心肝肉肉们,死到哪里去了。还不是自家婆娘收留你。"

她给他穿干净衣服。取出泡了活黄鳝的白酒。那是她找来的戒酒偏方,他一直不肯喝。此刻,他跟小孩子似的,听了她的话,乖乖端起碗。鳝腥气扑鼻。他干呕几声,屏住呼吸,大口喝完。白酒从食道烧下去,在腹中盘旋,渥出一股酒气,反冲上脑门。这是酒的劲道。他笑了,捧起空碗,还想要。她早已锁回去。"给我好好睡觉。改天断了酒,再想办法赚钱去。"她让他躺在自己身边。这是很久没有的事了。

大寒时分,弄底有个高邮女人,半夜把炭炉拎进棚子。取暖,温菜。婴儿啼哭令她分神。一错手,炭火舔了木墙。夜风裹起火,猛兽扑食一般,扑向草屋竹房。密匝匝的棚户区,瞬即燃起一片。

烟雾笼近时,榔头正憋了一脬尿,半醒不醒的。抽抽鼻子,透不过气,以为自己醉着。忽听呼救声,一骨碌惊醒,在破棉絮褥子上摸索,摸到婆娘了,掰过她的肩膀,往她胸前掏。婆娘骂道:"老屄样子,偷钥匙拿酒喝是吧。"

"着火啦,着火啦。"他拍打儿女们。婆娘瞥见玻璃窗角上的红光,也"观音娘娘、火神爷爷"地喊起来,满屋子抓值钱东西。宋没用醒不来,耳边隐有喧嚷,于是梦见父亲殴打母亲。有人在梦中将她提起。那是她的父亲,拎她出去,扔在垃圾堆前。又回来开柜子锁,取了黄鳝酒,往弄口跑去。

宋没用被冻醒,呛了一鼻子焦臭味,咳嗽起来。远处亮汪汪的。孩子哭,女人喊,野狗又咬又跳。男人们甩着棉被,挥着扫帚,被火逼散开来。人头乱撞,光影幢幢,仿佛在演江北大世界的木偶戏。

宋没用懵懵懂懂起身四顾。她自小遭遇五六次火灾,这次最重。整条弄堂烧塌了,空气烫得她面颊生痛。忽有人过来,拽住她,边咳边问:"看见我家丫头没?"宋没用摇头。这才回过神,软着两条腿,想寻家人。不知往哪寻,兜兜转转,往烟火稀淡处去。

宋没用转到人垃圾堆背后,见暗绰绰站着人。

哭泣的,叹气的,喊测说话的。蓦然有个细声音扎了她的耳朵:"宋没用。"宋没用肩膀一抖,退回去。那人拉着她,往边上疾走。宋没用被扯得手腕生痛,喘气道:"二姐,妈妈他们呢。"

二姐停下,环顾左右。宋没用见她面颊熏红,眼白像狼一样闪烁。"宋没用,"她声音闷塞,"你也不小了,凡事要靠自己。离死老太婆远一点,否则这辈子就完了。"

宋没用感觉不妙,抓住她的袖管。

二姐又道:"我真傻,早该想通的,为什么现在才想通。"

宋没用一扑,抱住她的腰。

二姐掰她手指,"你做什么。"

"你是不是要走?妈妈说你要跟上海男人走。"

二姐一掌拍在她脑袋上。宋没用不松手。

"你放开,我不跟男人走。"

宋没用只顾抓紧。

"我就觉得,这么活着没劲。"

宋没用不明白。活着就是活着,什么有劲没劲的。二姐为啥想这个。

"没用,乖,放开。我留了些钱,够你们用一阵,我不欠这家什么了。"

宋没用哭不出声,一下一下喘气。

二姐掐她手背,又拿胳膊肘顶她,"你就帮着那死老太婆,我白疼你了,"倏然抽了手,指着远方惊呼,"糟了,爸又醉了,躺在火里呢,火,火。"宋没用扭头看。二姐猛力一推,跑脱了。宋没用姿势不变,仿佛仍旧抱着什么人。她怔视她的姐姐,跑过火光,跑过人群,跑过垃圾和废墟,从自己的生活里,永远地跑了出去。

天色泛白时,宋没用梦醒似的,发现站在一地焦灰间。有人吵架。小姑怪嫂子抛弃老母亲。大嫂说,婆婆瘫了,抱不动,"我二个儿子都没了,剩着俩丫头,当然救丫头。都怪你哥,非把老娘接上来。他自己抽鸦片死了,你又嫁了,撂下个烂摊子给我。""丫头们好手好脚,自己不会跑吗。可怜我妈跑不了,被你故意烧死。""我烧死,我是火神爷吗。"宋没用听是蒋家的,瞥一眼,站远几步。无人围观,便吵乏了。姑嫂杵在原地,你拍我一记,我抓你一记,逐渐有气无力下去。

少时,前头喊:"救火车,救火车。"散落的人们,轰然围起来。租界消防车歪歪斜斜,被挤停了。有人将消防员往车外拉,"故意拖时间,都烧光了,还来什么来。"一个队长模样的大声道:"这里路太窄,地面又滑,开不进来。"众人纷纷道:"月前命令我们搬,月后就起火,这火倒是来得巧。""你们不是说,这地是你们家的吗,烧了自己的地,怎么这样笃定。""还说我们的草棚,违了什么土地法洋地法。肏你奶奶的,你们还是一泡脓水时,老子就住这里了。""我们跟政府请过愿的,让给点时间，政府也没说啥。你们倒抖起来了，难不成比政府还大。"更有说："这火是你们偷偷点的。"一时叫骂激愤，淹没了消防员的解释声。有人拿起竹竿。队长关车门。车子在竹竿和泥团的围攻中，往斜里一冲。人群稍被冲散，复又聚拢。

宋没用被推来搡去，耳朵里扎痛，浑身刀刮似的。她猫了腰，乱挤出去。忽听喊她名字。转身见母亲和哥哥，坐在半截竹架子前，脚边一堆被褥锅盆。宋没用啊呀一声，奔了过去。

母亲见她蓬着头，一脸灰，像个讨饭瓜子，心下嫌恶。待她跑近，兜头一掌，"早看到你了，钻来钻去，没头苍蝇似的。你爸你姐呢。"宋没用想起二姐，心里格楞，怕被母亲怪罪，急急道："不晓得呀，我去找。"

她在弄口找到父亲。他摊手摊脚的，斜倚在短垣边。衣服又被人剥走了。唤他，不动。地上散着酒罐碎片，还有黄鳝，细细的，沾了尘土。其中一条被咬掉半截。宋没用推他,他顺势一滑,仰倒在地。宋没用凑近了看他。忽有一滴泪水,落在他脸上。他撩起眼皮,注视良久,认出是女儿,伸手勾拢她。她额头抵住他胸膛,哭出声来。

少时,榔头嘎哑道:"好了,好了。"宋没用抹了泪,将他的一条胳膊,扛在自己后颈上。榔头试图站起,颤着两只膝盖,又往地上软。有邻人过来相帮,与宋没用一边一个,将他架直起来,"没用,你爸废了,身体喝坏了,脑子喝傻了。"榔头想骂他,没力气,耷拉着脑袋,往那人身上撞。那人以为榔头没站稳,掰过他的肩膀,"宋丫头,使劲啊。"一步一拖,走起来。

婆娘数点抢救出的器物。掀开饭焐子,发现一叠法币。宋大福在旁说:"肯定是二姐的。"

婆娘道:"你懂个屁。快去找点草,找点柴火,仔细别弄湿了。"

"这到哪里去找。家家都在抢,早把草拔光了。咱们还是花钱买吧。"

"买买买,说得轻巧,哪有那么多钱。"

宋大福不语,盯着她手中法币。

"就你事多,就你事多,"婆娘哆哆嗦嗦,捻出一张钞票,"好好杀价,别给人'斩'了。"

她注视儿子走远,转到旮旯里。法币都是新兑的,纸质挺括。十元面值,四十九张。每张都有草绿色的孙中山,板着忧国忧民的脸。婆娘笑起来,忽地手一抖,"啊呀不好。"二丫头留了钱,肯定不回来了。

"白眼狼,白眼狼,"她朝着空气骂,"我把屎把尿养大你,花的心血就值这点钱吗。你爹妈弟妹都不管了,跟着陌生男人走。良心被狗吃了吗,还是屄痒了捺不住。男人稀罕吗,卵蛋是金子做的吗。你作践自己,男人也作践你,别怪亲妈没教你。到时候你跟一条狗似的,回我面前摇尾巴,我都不会睬你。"越骂越气,又跺脚,又甩手。

忽见宋没用伙着邻人,架着榔头过来。婆娘将钱往兜里一塞,迎上去道:"把醉死鬼抬回来干嘛,我让你找二丫头的呢。那只烂屎样子,人呢,人呢。"邻人道:"哦呦,你家雌老虎。"撒手走开。宋没用把父亲放在地上。"小畜生,过来。"宋没用过去,见母亲垮着肩,又着腰,似要扑上来。宋没用往后退,勾起双手,准备护住自己的脑袋。母亲一怔,说:"快去找人,找不到就别回来,"转身踢榔头一脚,"二丫头跑啦,没人赚钱啦,醉死倒比饿死痛快。"榔头眼睛睁不开,面颊抽搐了几下。

婆娘又数一遍钞票。够用多久呢,今后怎么办。宋大福已经二十四岁,理应担起这个家。七年前,他们攒钱送他到造船厂,当铆工。只做了一个月。"上海工人结伙欺负我,"宋大福说,"我的生活最辛苦,钱最少,还是临时工。不做就不做,有二姐东家罩着,不愁没有大米吃。"他订过一门亲,女方嫌他整日瞎混,毁了约。他愈发混着,渐渐嫖起来。婆娘骂过一次,由他去。男人到年龄了,总会想女人。是自家没钱娶亲。怪就怪榔头,没本事发财,大把钞票撒在姘头和小杂种身上。

宋大福天黑方归。抱了一捧麦秆、几爿木柴。婆娘问:"怎么去了一整天?"

"买不到。"

"剩下的钱呢?"

"哪有剩下的。家家都在买,价钱抬到天上去了。"

"败家子,蒙谁呢,过来让我搜搜口袋。"

宋大福一避,格开她的手。

"呀,敢顶撞我,打不死你。"

"你敢打,我也不回来了。"

"畜生,畜生,"婆娘浑身觳觫,语气软下

来,"吃饱了再教训你。"

她把木柴堆进洋铁罐,烧半锅粥,顺带烘了烘脚。吃毕,在地上铺好麦秆,覆上被褥。她和儿子把所有衣裤都穿上,在怀里塞满稻草保暖。蜷手蜷脚躺下,仍然冻得睡不着。婆娘感觉有人摸过来。一惊,旋即意识到,是自己的男人。榔头捡了一张油毡纸,覆在妻儿身上。自己颤巍巍地,挨到婆娘身后,左手罩住她的奶子。

婆娘感觉他胸前滚烫,掌心冰凉。想推开,忍住了。忽念到宋没用,便拍一下丈夫,"死丫头没回来。"

"谁?"

"你女儿没回来。"

榔头搞不清哪个女儿。脑子钝钝一转,意识到只剩一个女儿了。

"你去找找。"婆娘说。

"大半夜的,上哪里找。"

"她肯定也跑掉了。"

"不会的。"

"你咋知不会,快去。"

榔头起来,抱着胸,嘶嘶吸气。

"算了,"婆娘道,"黑咕隆咚的,明天再找。"

榔头得令,钻回油毡纸底。一时无话,浅浅入了眠。

后夜,醒了。衣裤潮冷,黏在皮肤上,耳朵里都是牙齿打战的嗒嗒声。满地露天而卧的老小,无声无息,仿佛死了过去。婆娘熬着,想着事。渐有鸟叫声。远处药水厂的烟囱,一点点显出轮廓。

忽听女人哭喊。有人半梦不醒的,以为又着火。乱一晌,才搞明白,是女人的小儿子冻死了。婆娘呼唤:"大福,大福。"宋大福嗳一声。婆娘放了心。榔头道:"没用回来了。"婆娘道:"那只小白眼狼,不会回来了。""没用,没用。""叫什么叫。"婆娘抬他一下,抬头见个人影,杵在数米开外。"没用?"人影一动。"过来,我不打你。"宋没用挪过来。及近,看清她端了一只碗,双手抖抖,放在地上。"爸,妈,这是消防龙头的水,很干净的。"

榔头失业后,全家再没喝过干净水。公共水站被地痞们霸住,水价抬得天高。婆娘命宋大福去消防龙头那里,接免费自来水。龙头归工部局管,只在卯时开放。抢水跟抢金子似的。宋大福接不到水,反而挤伤脚踝。自此便喝苏州河水。药水弄几千户人家,洗衣,刷马桶,全在苏州河里。更兼工厂排污。河水煮沸了,淀掉渣滓,仍旧酸苦酸苦的。

婆娘不信宋没用,端起啜一口。果然是清水,刺凉凉刷过喉咙。宋大福挨近了,嘴巴往碗沿上一勾,抢着喝起来。婆娘听他咕嘟咕嘟,忙道:"好了,快给你喝光了。"推他的脸,推不开。一使劲,水泼了。婆娘迭声骂。宋大福这才罢嘴,打了一串嗝。婆娘将碗举高,舔尽最后几滴水,闭眼回味一下,忽道:"这碗不是咱们家的。哪里来的?"

宋没用不语。

婆娘道:"我就奇怪了,你怎么抢到水的?一晚上去哪里了?快点给我说清楚。"

"我找不着二姐。"

婆娘抡起一掌,被榔头挡住,"你对她好些,今后就靠她了。"

婆娘睃他一眼,放下手,嘴里仍道:"靠她?靠得住才怪。"

榔头道:"没用可以进工厂。"

婆娘道:"付不起那个介绍费。"

宋大福道:"二姐留了钱。"

婆娘道:"你以为有多少钱,只够重新盖个窝的。总不能天天睡外面。"

榔头道:"那让没用做娘姨去,她想做娘姨。是不是,没用?"

宋没用没有回答。她跪坐在地上,垂着脑袋,已然睡着了。

前一日,宋没用被母亲赶逐,在药水弄兜转。隐约记得二姐东家姓封,住在静安寺路,便往东北方向去。风跟巴掌似的,一掌一掌扇击她。她迷了道,索性乱走。往人头多的、路面宽的地方去。靠住贴满小广告的电线木头歇歇脚。或进到路边铺避避风。有店家呵斥她挡了生意,也有任她坐着的。一个小餐馆老板,给了两只包子,她靠它们撑至天黑。

点路灯的工人出来了,把扶梯靠在墙边,爬上去,打开灯罩,用自来火点燃煤气灯。灯火冷黄,水门汀路面仿佛冻住了,反出一层蒙蒙冰色。汽车、黄包车、自行车、有轨电车,交错滑过。忽见二姐,擦着自己,走到前头去。宋没用啊呀一声,紧了步子,怎么都赶不上。便睁大眼睛,迎风流着泪，瞪住那个背影。头发剪短了，穿铁灰色棉袄。记不得家里有这样一件衣服。但适才一晃之下，圆白的面孔，细长的眉毛，是二姐的。迟疑间，二姐又超过两个路人。宋没用左脚绊右脚，跌了一跤。及至起身，已不见了人。她慌张张追几步，停住，见一间老虎灶，便踅进去问："二姐呢。"

一屋子吵吵嚷嚷的人，忽地不声响。一人道："小姑娘脸都青了，冻糊涂了吧。"众人复又议论。有说今年冷得早，有说小姑娘衣服忒单薄，有说世道不公，穷人买不起衣服，有说蒋介石不管穷人死活，只管刷牙剪甲的小事，也有说，"大事也管的，就是不对路，最近悬赏什么'匪首'，毛泽东朱德，抓活的十万块，献脑袋八万块。""你记错了，抓活的八万。""我怎会记错，回头报纸翻出来给你看。"渐渐说开去。阮玲玉自杀，长江涨大水，汪精卫遇刺，国民党发法币，学生们都上街了，游行，喊口号，发传单，抗议日本鬼子……众人不再理会宋没用。

老板娘见宋没用呆着一张脸，没有离开的意思，便搬只凳子，按她坐下，斟一碗热水。宋没用喝了水，熏了暖气，身体松动起来。这才感觉刚才跌跤不轻，小腿擦破一大块皮，左膝里阵阵刺痛。她没力气动，也不想动，滴溜着两只眼睛，打量四周。

老虎灶十多平米，门边搭了灶台，趴着三口煮水大锅，二前一后。灶尾耸起"老虎尾巴"烟囱管。辰光已晚，买热水的仍进出不绝。挑木桶的，拎铁壳保温瓶的。掏出几毛钱，拍在灶台上，"老板娘，泡开水啦。"还有邻家商贩，进来兑几枚零钱，递一支烟。

老板娘倚在灶台前。四十来岁，肥厚的眼睑，将眼珠深嵌进去。嘴里叼着"前门"香烟，没有点燃。胸脯被爱国布黑短袄勒紧着，垂到腰头上，晃荡不已。

窗边一张长桌，两条凳子。七八个茶客，屁股挨屁股，摩着紫砂壶，聊着天。一个秃脑门的烧水工，从他们背后侧身挤过，去给灶膛添木柴。

屋子最里侧，挂了蓝花夹棉布帘。帘后盆汤哗响。一个脸蛋彤红的女人出来，把同样脸蛋彤红的小孩放到桌上。女人头发滴水，打湿了衣襟。男茶客们睐着眼睛，言语不干净起来。女人嘴唇翻动，一句一句，把话说回去。手里一刻不停，帮孩子穿好衣服，抱到在地。眼角一扫，发现了宋没用，道："老板娘，哪来的丫头啊，新讨儿媳妇了吗？"

茶客哄笑，"仁道呢？仁道在哪里？""挑水去了。"

女浴客说："仁道是个男子汉了，见了女人，会得眼睛发直。也该替他打算起来。找个结实点的媳妇，生娃顺当，还能给老板娘添添手。"

男茶客说："这丫头太瘦，不像能生的。"

女浴客啐一口，"人家还小呢，长长就开了。"

老板娘睃一眼宋没用，说："好了好了，瞎讲什么。我是看小丫头衣服破烂，快冻死了，暂时留她暖一暖身子。"

"老板娘菩萨心肠，好人有好报。"女浴客掀开布帘，收好毛巾和脏衣服，拉着孩子往外走。烧水工给他们让道，趁机逗弄孩子，"戆小囡，我是你亲爹啊。"

老板娘道："老姚，别挑事，烧你的水去。"

女浴客前脚出门，老板娘后脚哼道："白相女人，野鸡一只。我儿子看女人眼睛发直？看谁发直，都不会看她发直。"男人们纷纷应和，"良家妇女哪有这么大方，都是躲在家里洗澡的。"也有人抬杠，"蒋宋美龄不是讲了吗，要造专门给女人用的混堂。听说出来洗澡的女人有奖励的，每人一块粉红色香肥皂。""吃过洋墨水的女人，最最吓人了，都要骑到男人头上来。""蒋宋美龄不是骑到老蒋头上，是骑到他身上。"茶叶越泡越淡，茶客们越讲越入味。老姚嘿嘿笑，提着铜吊，往一只只壶里加水。

宋没用灌了满耳朵荤话，坐不住。想走，舍不得灶内暖和。老板娘为啥听凭自己闲坐着呢，真想留作儿媳妇？呸呸，人家是有家有业的，自己算个什么破烂东西。妈妈讲了，二姐东家只是玩玩的，有地位的男人看不上苏北女人。宋没用羞愧了，站起身，准备走。

灶门开了。夜风顺着门缝，打了个旋。灶上白烟受惊似的，哗然散开。茶客们缩起脖子，往门口看。"仁道回来了。"一个小头小脑的年轻人，提着木桶，在门槛上晃了一径水渍。

老板娘说："这么长时间，死到哪里去了。"

"是啊，这么久，你娘帮你媳妇都找好了。"

小伙子乜斜宋没用。宋没用慌忙坐下。

"对上眼了，对上眼了，两个都脸红了。"

门又开了，进来个洗澡的。茶客们掉头打招

呼，放过了这对年轻人。老板娘将女客洗剩的盆汤倒进小桶。仁道退到屋角，搓搓手，抖抖领子。棉袄从削薄的肩头耷下来。他突然转过脸。宋没用避不及，和他目光相接，不禁羞愤起来。仿佛自己遭受调侃，都是他的错。又怕他以为自己有心。

忽听老板娘说："仁道，加柴。"仁道诺诺而去。老板娘又回视宋没用。宋没用慌忙站起，"我走了。""好。"宋没用哈了哈腰，疾疾去揎房门。迈出一脚，听见有人啊呀。不及反应，发现自己趴倒在冰碴上。屋里道："刚才仁道进门泼了水，一歇歇功夫结冰了，把他媳妇滑了个狗啃屎。"轰然大笑。等了等，见宋没用没起来，纷纷过来看究竟。老板娘双臂一夹，抬她起来，拖到光线里，察看一番，"大概额角头撞在门框上了，不严重。"引着宋没用，重新坐回去。

宋没用适才开门，被风一刮，突然清醒。念到寻二姐不得，回去没法交代。母亲发起狠来，又会赶自己走。夜里不冻死才怪。不如跟二姐一样,离了那个家。二姐早说了,谁想一辈子做垃圾瘪三呢。可自己不捡垃圾,还能做什么,会不会饿死。

宋没用被自己的想法吓住。一刻恨自己没良心,一刻嫌自己胆太小。老板娘回灶前,捻一块抹布,在灶面上随意擦动,眼睛盯住宋没用。见她泪汪汪的,表情游移,仿佛想心事,又似摔傻了。她怀疑这个小丫头的来路,又不便即刻赶她走。

过八时,茶客陆续散了,老虎灶冷清下来。老板娘逐次拉灭电灯,只余浴堂一点亮。老姚收拾好茶桌灶膛,也离开了。老板娘命儿子先去洗澡,自己搬过板凳,对宋没用道:"你叫什么,哪里人,住在哪块,干什么的,怎么穿这点衣服出来,晚上干嘛不回去,家里还有谁。"

宋没用本就寡言,此刻被一串问题砸闷,脑子里嗡嗡混乱,口舌不停打绊。夹棉布帘后头,水声细小,时时停顿。宋没用留意到了,怀疑仁道在偷听。愈发说得颠三倒四。老板娘皱着眉头,从兜里掏出火柴,点燃前门香烟,打断道:"我听明白了,你不想捡垃圾,想跟你姐一样,出去过体面日子。可你们都走了,爸妈怎么办。我是过来人,晓得撑个家不容易。养儿养女一辈子,老了残了,儿女却翅膀扑腾扑腾,扔下他们飞走了,"她睃着宋没用,吐出一口烟,"人活到这世上啊,不是享福的,是来吃苦的。老天爷给的担子,再重都得挑着。哪天放下了,也就翘辫子了。你还小,以后慢慢体会,"她掐灭剩余半支烟,"今天晚了,外头又冷,你明天早上回去吧。"

是夜,宋没用睡在茶堂。拼起两条长凳,盖好大棉袄。老板娘在楼上走动,鞋底啪嗒啪嗒。俄顷,静下来。剩着窗缝里的嘶嘶风声,仿佛一个齿缝阔绰的人,在张了嘴呼吸。月色冷白,笼住灶台积口、加煤孔、烧水锅。满壁的黑绿霉斑。

宋没用想老板娘的话。一个字，一个字，来回想。她意识到，小时候是爸妈撑着家。继而是大姐，再次是二姐。现在轮到她了。老天爷给的担子，究竟有多重。倘若活着是为吃苦，那地上的人，干嘛一茬一茬活着呢。二姐说了，这么活着没劲，换种活法会有劲吗。宋没用想得没意思了，又忍不住去想。翻个身，将黏潮的大袄，掖到颈窝里。

辗转至后夜，饿得浑身抽筋，闻到一股子菜味。宋没用起身，在墙角摸到一篮矮脚青菜。抓起就吃。越吃越饿，仿佛满肚子馋痨虫爬了出来。须臾生嚼掉大半篮，打着冷冰冰的嗝，扶墙而起。

月光转青了，移到墙头上，一寸一寸往里挪。光色尽处，杵着一条影子。宋没用以为是根扁担，眨眨眼，发现是一个人。她想尖叫，念到老板娘在楼上，便捂住嘴巴。那人碎着步子，从阴影里出来。是仁道，小眼睛一眯一眯，睡不醒似的。宋没用往后退,不敢太快,怕碰响桌椅,惊动老板娘。仁道迫近了,揸开手,摸到她的胸脯。他五根指头触电般的一抖。眼睛亮了,鼻翼轻轻抽动。他瞪着宋没用,不动。

宋没用想他的手,如同一块冰,烙着自己的胸脯。又似湿泥巴,黏黏糊糊,甩不干净。吃下的菜叶子,刮着肠胃,让她恶心欲吐。她脑袋一懵,扑在地上,磕了三四个头。仁道反被吓住。想扶,不敢,弯了腰,僵着臂膀。倏听楼上响动。仁道往后让,砰地撞到桌子。慌忙朝宋没用鞠一躬,轻手轻脚而去。

宋没用不睡了,披着棉袄,靠在窗前,半眈半醒。黑夜拖沓得仿佛不会结束,但也终究结束了。屋外有咳嗽声、哈欠声、说话声。有人走到墙角,滋滋撒尿,还擤了两下鼻涕。老板娘也起了,在头顶走动。少时,木梯吱咯。她下楼问道:"睡好吗?"

宋没用感觉她已知道昨晚的事。脸一红，不知如何回答。房门开了，进来个老头，黛蓝色绒帽，苍黄色棉袄。见了宋没用，咦一声，"老板娘，真把儿媳留家里啦。"隔夜的打趣话，重新嚼一嚼，又有了滋味。老头满嘴牙龈地笑了，坐到老位子上，取出一把壶，一包茶叶。又脱下帽子，捏扁了，塞进袄兜里。

"金爷叔稍等。"老板娘跑去开灶膛。俄顷，老姚来了。忙一晌，熟水烧好了。金爷叔泡上茶，酽酽喝几口，额纹往上一提，"撒泡尿去。"待他出去，老板娘倒了一碗水，对宋没用道："喝完就走吧，别让家里人等。"

宋没用抿了一口，觉得烫。扭头见楼梯下来两只男人脚跟，慌张张想走，又舍不得水，便道："我走了，水拿去给我妈喝。"老板娘道："怎么拿，也没个壶啊瓶的。"仁道下来了。宋没用偏着头，不看他，结结巴巴道："我把碗端去，回头给你送回来。"老板娘瞟一眼儿子，若有所思道："快走吧。"

宋没用端了碗便走。门轴咔啦响，松木门板吱嘎打开，嘭啷关拢。她走出一段，松了口气，这才感觉手背被溅痛了。街上罩了一层牙黄色寒气。法国梧桐光叉叉的，枝条迎风互撞。一辆黑色小奥斯汀汽车，呜呜而过。宋没用梦游似的走。水渐渐冷了，又渐渐冰了。指肚像是冻在碗壁上，硬邦邦失去了感觉。

火灾过后，棚户如野稗，出得更旺了。婆娘不肯再搭滚地龙，硬要盖草棚子，带玻璃窗的。宋大福对宋没用说："二姐留了一大笔钞票，给老太婆独吞了。她对我们一分一厘地抠，待自己倒是大方，想啥要啥，好像她明天就不活了似的。"

宋大福被母亲逼着，找了临时工作，在纱厂扫垃圾。每月贴两块钱家用。很快不做了，又到处瞎混。宋没用学织草鞋。母亲骂她笨，不耐烦教。她便跟着邻居学。捡了芦苇、芒壳、路边草。晒干，搓绳。买来糯稻草，置在石板上，用洗衣槌敲软了。又借一张条凳，支上草鞋耙，一边搓，一边编，层层勒紧起来。编完，上火蒸熟，稍事修剪而成。母亲说："扎得挺结实嘛，快赶上我当年的手艺了，"又说，"你小时候啊，挨了打也不躲，我以为你脑子不好使，就是捡捡垃圾的命呢。看样子今后可以靠你了。"

入夏，草鞋热销起来。宋没用手指磨破了，结疤，生茧，坑坑洼洼，仿佛十支老木头。她新置了草鞋齿、草鞋腰、草鞋槌、四尺条凳。一天打上十几双，傍晚提到街头叫卖。

几次叫卖到鸿寿坊，遥遥看见那家老虎灶。她欠老板娘一只土碗，半篮矮脚青菜。要不是那个仁道，她早就偿还了，还会送老板娘几双草鞋。讨厌的仁道，恶心的仁道。倘若碰到他，非得杀了他。

至少打一顿。不,还是杀了他。宋没用渴望碰上他,又害怕碰上。绕着老虎灶兜兜转转,突然生了怯,飞快跑远了。

一日,宋没用在路边走,见一条游行队伍,浩浩荡荡四五百人,个个敲着铁锅,击着木铲,举着扫帚,拎着便壶。两名年轻人走在最前头,缝了一条麻布横幅,写上毛笔字标语,一人一头,用竹竿挑着。宋没用不识字,问路人。路人说:"好像是去巡捕房的。"旁边几个看热闹的,即刻凑上来,说是工部局又想拆棚户,几个女人用马桶屎尿围攻巡捕,被抓到杨树浦监狱去。市里有个什么棚户联合会,知道这事后,闹起了游行。

宋没用怕惹麻烦,站得远远的。又捺不住好奇,跟走一程。忽见队伍里有个背影,戴的西式便帽,和榔头那顶相似。再看那人举着便壶刷,挑着一只布鞋,赤脚在走。高高耸出来的鞋子,正是宋大福的。宋没用不敢喊他名字，只得奋力挤过去。游行者们肩膀挨肩膀，前胸贴后背。她一刻离宋大福近了，一刻又远了。几次差点够到他，却被旁人撞开。

宋没用被人流裹挟着，走到劳勃生路，拐至小沙渡路，又瞧见那家老虎灶。灶门大开。泡水的，喝茶的，都站在门边观赏游行。宋没用一眼认出那个仁道，面孔瘦削了，头发修得简短。一对小眼珠扫来扫去，扫到宋没用的方向了，却一晃而过。一个年轻女人凑向他，耳语了几句。他笑一笑，退回屋里。

宋没用一口痰堵上来，胸膛透不过气。她转了身，挤出队伍，奔过两个路口，慢慢站定，她不明白，自己为啥难受。是为了宋大福惹是生非，还是为了一篮子草鞋被人偷光。她往药水弄去，却不想回家，靠在弄口短垣上琢磨心事。砖墙那边突然伸来一只手。宋没用啊呀跳开，见是榔头，面皮醉白了，嘴唇乌紫乌紫。他双手扒住墙垣，想爬到女儿这边来，气力不够，便软在墙上。宋没用道："真讨厌，整天发酒疯。"榔头口齿含混道："让方桂花送我回老家。"说过两三遍，宋没用才听清。不晓得方桂花是谁，又被他熏了一鼻子酒臭，便扔下他，跺跺脚，跑回家去。

太阳落山后，婆娘也回来了，见宋没用仍在打草鞋，问今天卖了几个钱。听说没钱，便骂道："整天瞎晃，不晓得挺尸呢，还是在想汉子。"宋没用敲了敲草鞋槌，"整个家里，就我做死做活，你们个个只晓得饭来张口。"婆娘第一次见小女儿顶嘴，愣了愣，转而道："宋大福也不好，跟他爸一个德性。"絮絮说些俩父子的坏话。宋没用只是不理。婆娘便踱到屋脚，揭了米罐子，在里头抓几下，看看剩着多少米。

一个邻居跑来，敲打玻璃窗道："不得了，不得了，老宋醉死啦。"

婆娘说:"醉死才好,让他去死。"

"不跟你说笑。这回估摸是喝猛了。他偷了张家好多酒,张家找他,发现他死了。"

"他是怕挨打,装死。自家男人,我还不晓得。有次范猴子来讨酒钱,他就装过死。"

"这回是真的,摸过他鼻头了,只有出气,没有进气,面孔颜色都跟铁皮似的了。"

婆娘这才扔了土罐盖子,往门外去。宋没用早已远远跑在了前头。一前一后至弄口,见围了二十来人。有喊:"宋家婆娘来了。"纷纷让路。

榔头已经僵硬了。歪着脑袋,捏着拳头,双臂微微蜷曲,仿佛准备拥抱什么人。他本是趴在短垣上的,被人挪下地后,身体仍然弯折着,大腿和胸前留有砖石触压的痕迹。他的土布短裤破了洞,被泥浆、污水,和死后溢出的小便精液弄脏了。

婆娘踢他几脚,"起来,起来。"又掰他脑袋。宋没用拉开母亲,她顺势一滚,干嚎起来。旁人道:"怪可怜的,帮她把男人搬回去吧。"几个汉子抓手抓脚,将榔头抬到草棚外,扔在地上。宋没用搀扶母亲。她哼哼唧唧的,往褥子上一躺。

宋没用扯了草席,罩住尸体,推到墙角边。被她赶起的苍蝇,狂飞不散,复又黑压压覆在草席上。宋没用感觉不真实。席子里那卷东西,怎能是她父亲呢。她的父亲是会动,会走,会说话的。宋没用见过很多死人,从药水弄运出去,包括她的大姐。但此时,僵硬了的父亲,让她第一次恐惧,更有说不清的虚空。好似利刃割指,起初没有知觉,渐渐疼起来,继而越来越疼。

光线从屋头顶暗下去,脚底软泥的颜色变深了。母亲在屋里呼唤几遍。宋没用进棚去,跪坐在她面前。母亲问:"你刚才拿的哪条草席?"

"我自己那条。"

母亲点点头。她脸上的表情,仿佛一个喷嚏渥在鼻子里,怎么也打不出来。

宋没用顿了顿,轻声道:"爸说他想回老家。"

"啥事?我怎么不知道。"

"我下午碰到他。"

"瞎讲,他死了,你怎会碰到他。"

宋没用不语。

少时,母亲说:"我晓得,人人都想葬回老家去,连狗都想死在自家窝里呢。可他不一样,他那么想当上海人。唉,活着不省心,死了不省钱。"

宋没用起身舀了米,拎着洋铁罐出去。母亲跟出来,倚在门上,"干嘛呢,嫌我说话不中听吗。我得照顾你们,哪里离得开。要不你去街坊里头问问,谁最近回阜宁,相帮把它带回去。路上的钱,下葬的钱,都让他小弟家出,他小弟吞了咱家好多田,不晓得能折成几副棺材本了,"她抽抽鼻子,闻到了米饭香,叹息道,"死人的事情慢慢谈,活人总归先要吃饭的。"

宋没用端了饭锅进屋。母亲也进屋,拿出三双筷子，又收走一双，"宋大福哪里去了，整天不见人。"

"他游行去了。"

"唉，瞎凑啥热闹啊。工部局可狠了，上回派了些老毛子，拿机关枪吓唬游行的人。万一真开枪了咋办。他们要拆房，就拆好了，反正是给钱的。这个家早就拆了，剩着娘俩个，大眼瞪小眼，不知道靠谁去。"

宋没用勉强拨了几筷，吃不下。母亲便将她的米饭，匀到自己碗里。宋没用觉得，她今天吃的饭，说的话，都未免太多了，便斜了一双湿漉漉的眼睛，看着她。母亲吃罢饭，往锅里倒点水，涮一涮，喝光，打了个嗝，泄气似的瘫在褥子上。

是夜，宋大福没有回来。宋没用翻着身，想着心事。母亲道："陪我说一会话。"宋没用不吱声，也不动了。母亲便顾自说开。说榔头当初娶她，只用了两筐萝卜，底下还掩着半筐稻草。结婚以后，弟弟们要求分家，榔头这个当大哥的，只分了十三亩地，种种冬小麦。"没用啊，做农民是最辛苦的。农民背上两把刀，租米重，利钱高。农民眼前三条道，一逃二牢三上吊。你那时还小，肯定没印象。阜宁那个鬼地方，夏季老是发大水。年年用泥巴封了门，逃到淮阴去。做瘪三，讨救济。等水退了才回来。回来还是没有吃的。只能捡山芋藤和萝卜缨子吃。我做姑娘时，可是堂堂的小姐啊，嫁给你爸真是倒了八辈子霉。"

宋没用忽睡忽醒，听得零碎，母亲讲得也零碎起来。说当年乡下妯娌吵架时，榔头不帮自己，倒帮弟媳，她早就怀疑他俩有一腿；说榔头轧完姘头回来，还要继续弄她，弄得她下头流脓水，一直好不了。"有阵子啊，我恨死他了，天天巴望他死，他倒活得挺好。现在不想他死，却突然死了。他根本就是存心的，事事跟我过不去。"

母亲絮聒得嗓子嘎哑。吊在棚顶的竹碗篓，渐能看清轮廓了。母亲被晨光一撩,眼皮便发沉。忽听得屋门响。"大福,宋大福?"来人不吱声。宋没用跳起来,见是个陌生女人。一袭铅色香云纱旗袍,襟前挂一弯栀子花。脸上的每条褶纹,都像水洗过的。宋没用即刻猜到,这是二姐提过的"孃孃"。

母亲也猜到了,想大骂,却噎住了。抄起一只碗,又怕真的砸坏。她放下碗,捽一把身下草席,五官都扭起来了。宋没用挡在中间,问道:"喂,想做啥。"

孃孃掏出一叠钱,放在地上,"买副好点的寿材。"

母亲终于憋出话来:"我以为是哪路仙女呢。没胸没屁股的破烂东西,白白给男人玩。"

孃孃脸红了,旋而转青,身体微微颤抖,一只手探入口袋。宋没用慌忙护住母亲。孃孃却是抽出一块手帕,擦了擦耳根,昂然走出棚去。母亲瘗着嘴，盯住她，胸脯拉风箱似的起伏。宋没用不忍，俯向母亲。母亲拖住她，下巴戳着她的肩头，涕洟齐下起来。

母亲去江宁路施材栈，讨了一副薄皮棺材，见棺壁上有蓝底白十字标志，便道："送棺材的和开医院的，是同一伙人。怪不得医院把人往死里搞。我早说了，天底下没有不花钱的好事。"

宋没用找了个老乡，恰好准备回阜宁接妻小的，求他把榔头带回去。老乡开价二十元，要求现付。母亲弗肯，让他回乡后，找宋家阿弟讨钱。两厢扯皮，耽搁了时日，榔头发起馊来，脸上长出尸斑。母亲只得让步。

送走榔头后，宋大福突然显出志气，说要去拉黄包车，"家里只剩一个男人，我不撑着谁撑着。"说过几遍，母亲犹未全信，让他立下字据，这才给了钱，让他打点租车行。

起初，宋大福依了字据，每月补贴十元家用。渐少下去。很快不再给钱，继而整月不回家。邻里传闲话，说他和一个"珠江老举"相好，租着杨树浦的广式房子。母亲跟人吵。"我家大福出息了，你们眼热，见不得人好。""我家大福赚到大钱，会接我去住里弄房子。""我家大福发了财，马上就讨娘子，生孩子。"

宋没用见过宋大福两次。一次，她在屋后做草鞋，听见屋内窸窣，见宋大福撅着屁股，在母亲的杂物堆里翻刨。宋没用道："找钱吗？她没放在家里。"见宋大福不理，又道，"哥，你晚上睡哪里，为啥不回来。"宋大福推开她，跑出门去。

另一次，宋没用在街上走，一眼晃到宋大福，穿了新衣裤，歪戴了西式便帽，从对马路过去。他身后黄包车上，坐着个中年女人。颧骨上的胭脂，红得过了分。阴丹士林布旗袍，玻璃丝袜，浅口鞋。一只戴翡翠指环的手，搭在挂棉暖篷边。宋没用跟着跑，在第二个红绿灯，把他们跑丢了。

世道乱起来，传言要和日本打仗。很多人家从闸北逃到药水弄。等等没动静。有的说，中国官老爷们没骨气，事事依着日本人，肯定打不起来，搬回闸北去。

弄堂里说书兼算命的聂师傅，讲在他老家射阳黄沙港镇，出现一条大赤链蛇，脑袋像箩筐，腰身似水缸，信子就有六七尺长。"整村人都看见了。这是大异象，要有血光灾，会死很多人的。我有个避灾的符，能帮你们躲过一劫。"

母亲花三十块钱，从聂师傅手里买了一张红纸片，用布袋子装着，贴肉佩戴。仍不放心，在观音和火神爷旁边，添了寿星、关公、钟馗像。听到老鼠跑，乌鸦叫，她都心惊肉跳，要找聂师傅算一卦。

宋没用问她怕什么，她说："最近你爸老来找我。我前天还梦见他呢,半截身子插在盐碱地里,一只血淋哒滴的手,朝我招啊招,"又说,"我老啦,等着阎王爷收我来了。阎王爷也不干脆点,非得把我身边的人,一个一个先弄走,最后才对付我。我咋能不怕呢。你看看这两年,我都快成活死人了。"

母亲确实老得快。整个人干缩了,颈脖里的皮肤一叠叠的。她胸口隐痛,咳嗽起来,有出气没进气,痰里带着血丝。她常常忘事,说话夹缠不清。对女儿有了近乎讨好的依赖,时或丢了东西似的,慌张道:"没用,没用在哪里?"宋没用往她面前一站,她才稳妥下来,捏捏她的手。宋没用不在时,她便满弄堂乱晃,能捡的东西,都捡回来囤着。这件翻翻,那件看看,仿佛都是宝贝。

一日,她捡到一截铁丝,掰直,擦亮,簪在头发里。对着窗玻璃左顾右看,"没用,我像个小姐不。"宋没用笑了。母亲道:"莫笑,我出阁前真是小姐,佣人们叫我方小姐。方家有个大院子,我单住一厢。穿的丝绸,吃的细软,还有贴身小丫头呢,"她睃一眼女儿,"你不相信。"宋没用忙点头,"我信,我信。"

母亲这才继续道:"我是村里大户人家出来的,我妈是二妈,我喊我爸'方老爷'。方老爷只喜欢四妈,见了我和我妈,跟见了下人似的,就那么'喂'一声,甩甩手。我猜他连我名字都不记得。其实我比四妈的两个女儿好看多了,眼睛圆滚滚的,不像现在,眼角都拖下来了。那时我都二十六了,方老爷才想起还有我这么个女儿。他跑到田畔子上,随便叫住一个长工,问他多大了,结过婚吗,家里排行老几。长工拎来两筐萝卜,就把我领走了。没用啊,你说说,是不是便宜你爸了。"宋没用含混应一声。

"我晓得你爸,他心里嫌我年龄大。年龄大又怎样,我可是个小姐啊。他从不喊我小姐,没人喊我小姐。没用,你快喊我方小姐。"

宋没用犹豫一下,"方小姐。"

母亲打了个颤,"再叫一声。"

"方小姐。"

"嗳,再叫一声。"

"妈,你话多了,伤精神,歇一歇吧。"

母亲抓住宋没用的手,指甲抠进她肉里,"没用,我死了以后,就葬在上海,没地方葬,就往苏州河里一抛。阜宁那鬼地方,有啥好回去的。上海水门汀缝里长的草,都比那里长的庄稼多。况且上海有你和大福,阜宁那边连半个惦记我的人都没有。没用,你要待我好,我死了会保佑你。到时候你叫一声'方小姐',我的魂灵头就飞回来。"

宋没用回捏她的手,"妈,你不会死,你一定长命百岁的。"母亲的手上满是褐斑,关节在皮肤底下滑动。宋没用摸着,心软了,轻呼:"方小姐,方小姐。"

母亲笑了,"是哩,我不死,我长命百岁。"

那个春天,宋没用常常饿得慌,夜里大腿抽筋而醒。母亲说,这是小孩子要"长开了",拽了她的胳膊,又捏又看,"我也能从头长一遍就好了。"宋没用已比她高,并肩而站时,能看到她秃白的头顶心。弄堂里的小流氓,与宋没用调笑,她佯作不懂。母亲道:"男人心眼都坏,见了女人就想搞上手。你可千万别搭理,否则跟你二姐似的,名声坏了,一辈子完了。"宋没用跺脚道:"妈,别讲那种恶心事。"

一日,宋没用在路上走,留意到杂志广告牌。上头的时髦女人,五官略似二姐。眉毛剃光了,用墨笔画出两道,又黑又细,高扬入鬓。头发剪至齐耳长度,满脑袋的头油,亮晶晶反光。母亲常道,时髦女人是狐狸精,学不得。宋没用自幼穿走于街巷,对广告牌、月历纸、电影海报视若无睹。但在那一刻，她眼睛突然开了，盯住杂志照，简直挪不了步。

自此留意起来。女人的发型，原来颇有讲究，烫成爱司、横爱司、顶花、卷花、大菊花、小菊花、长波浪、短波浪。衣服的讲究更多。旗袍开衩大了，腰身窄了，垫肩高了，袖管短了。滚花边、灯笼袖、装饰线、裘皮镶拼、花卉刺绣、西式翻驳领。马甲、围巾、手套、风衣、小帽、胸针、钱包、手袋、眼镜、项链、西装外套、翻毛领大衣、玻璃丝袜、高跟鞋。鞋子还有花样，船鞋、鱼口鞋、蝴蝶结鞋、玛丽珍鞋。还有让她看不懂的小东西。唇脂、摩丝、睫毛膏、啫喱水、雪花膏、润肤露、花露水、爽身粉、生发油、凡士林、法国香粉。

二姐曾说，"哪天你想扮俏了，便是长大做女人了。"宋没用站在橱窗和霓虹之间，感到站在了二姐的世界里。她渴望成为时髦女人，又害怕成为。

及至回到药水弄，钻进草棚子，在霉湿气里打几个喷嚏，心情才落定下来。宋没用觉得自己可笑。一个垃圾堆里打滚的人，有什么资格乱想呢。药水弄才是她的家。

展眼至七月底。蝉声挠人，梧桐叶沉沉不动，药水弄的泥浆地，皴得一块一块。街坊们聚在聂师傅家，了解"最新情报"。聂家小儿子是卖报纸的，清早穿了格子小西装出门，傍晚带回一肚子消息。忽说要和日本人打仗，忽说双方在谈判，忽说大批国军进驻，忽说日本派出了"毒气队"。一日，卖报郎带回消息，说宋大福在给日本人做事。

宋没用渐渐察觉邻里冷淡。几个男孩朝她扔石子，骂她"汉奸"。她想逮一个，问清楚，被他们跑脱了。回家说与母亲听。母亲道："聂师傅消息灵光，我去问问看。"甫一进门，聂家婆娘便拿了把扫帚，将灰尘往门槛前扬扫。她按捺怒气，问聂师傅在不在。婆娘道:"我们家不跟汉奸来往的。"

"我家大福是正派人,不是汉奸。"

"咿,你咋晓得我说的宋大福。他做的坏事,你全知道吧。"

母亲气极,与聂家婆娘对吵,拍着大腿干嚎,"不管怎么说,我是在你家花了钱的。骗子,骗子,也没见那个避灾符有啥用。"她见桌上有一尊如来佛泥像,便顺手砸在地上,转身出门去。聂家婆娘一路跟着骂,"你敢砸如来佛,菩萨要索你的命来。"

母亲浑身一凛,胸口发闷,回家对宋没用道:"不好了,我得罪菩萨了。"当夜果真发起了高烧。

这一病,绵延数月,屁股上开始长褥疮。宋没用捣烂了饭菜,喂给母亲。母亲吃不下,想要爽口的。宋没用捡来西瓜皮,洗净,切块,用盐渍了。她尝一口,嫌太咸。宋没用喂她喝水,又都漏在衣襟上,不停喊口渴。宋没用便将棉布沾了水,给她润唇。

母亲问:"你怎么回事,大热天的,窗户关得那么拢。夜里才摸出去打水。你心虚了吗,你也不信你的亲阿哥吗。""我信,我信。""那你到姓聂的家里去,把话说个明白。难道他们还要吃了你。"宋没用不语。母亲生气了,鸡爪子似的手,一下一下拍打她。

入了末伏,秋老虎凶猛,宋没用浑身腌在汗里,油腻腻的。母亲不再发烧,身子骨却懒散了,终日躺着,事事支使宋没用。忽而要吐痰,忽而想挪身子,忽而急着小便。扶她上马桶后,又嘀嗒几点,尿不出来。闹得厉害时,宋没用不能睡觉,索性靠坐在母亲褥边。远处似在放鞭炮。她侧了耳,疑惑一下,顾不得多想。撑到后夜,母亲终于入睡,她也回到自己床铺上,不及将手脚摆舒服,便身子一沉,人事不省。

宋没用不晓得，她听到的噼啪声，是中国军在向虹口日本海军司令部开枪。凌晨时分，黄浦江上轰炸"出云号"的隆隆响动，也未能将她吵醒。她一觉到下午，听见人声喧聒。昏头昏脑爬起来，发现窗外挤满了陌生人。

这些人从闸北和南市而来。旬余，又有吴淞和杨浦的难民加入。随意占个空地，扯块遮雨布，拖家带口地住下来。药水弄的原住民，嫌生活受了搅扰。时有口角，乃至动起手来。宋没用在家蓄上一缸水，尽量不出门。偶尔开了窗缝，听听动静。

真假消息漫天飞。说南市都烧光了，闸北打死好多人。说有钱人都挤在租界里，付起租金来，用的整箱金条。没钱租房的人，跟蟑螂似的到处钻。天蟾舞台住了两千人，玉佛寺住了四千人。到处是被遗弃的老人婴孩。育婴堂把弃婴都捡了去，开大价钱请人奶孩子，还请不到。医院里躺满缺胳膊少腿的，每天一车一车死人往外抬。政府加盖了几百处难民所，仍旧不够用，便贴补外地人，让他们自遣还乡。

母亲问："有大福的消息没。乱成这样，也不晓得报个平安。"

"回头我去找找他。"

"现在就去找。"

宋没用不语。

"算了，回头找吧。你不在了，我喝水撒尿喊谁去。"

宋没用扭头看窗外。窗框和对面屋檐，裁出一角碧青的天，白云一扎扎的。忽有一架飞机，跟小鸟似的，翅膀不动滑过去。旋而又一架。天色阴下来，显出几分脏。平地起了一记嘘声，仿佛有人在远处吹口哨。一瞬死寂，轰然爆炸。地面颤动了，黑雾笼住日头，尘沙扬洒起来。宋没用拽住母亲，想安慰她，又听得一记爆炸。窗户应声粉碎，玻璃渣如子弹，一粒粒扑面射来。

宋没用护住母亲,将她拖到屋角。母亲皮肉未伤,神情有些呆滞,似乎吓傻了。宋没用服侍她躺下,感觉脚底板黏乎乎的,便跌坐着,掰过脚掌,见肉里嵌了几块碎渣。这才感到疼。流着眼泪,清理干净,拿毛巾擦了血,裹好。再看母亲,眼睛仍旧直着。慌忙拍她面颊,连呼"方小姐"。母亲哎呀一声缓过神,嘴唇蠕动,似有话说。宋没用等待着。少时,听见母亲说:"你该叫'梅用',梅花的梅。女小囡的名字,应该搞点花花朵朵的。"

宋没用一时无话。想了想,"喝水吗?"摇头。"要小便吗?"摇头。"外头又哭又叫的,我去看看。"宋没用起身,瘸着腿,走至窗前。窗框四边剩着的尖渣子,还在往下掉。外面人头晃动。两个男人互相勾着脖子,扭来搡去,几个女人围着尖叫。几只瘦嶙嶙的猪猡满地乱拱。一条野狗疯了似的,蹦起半人高。一座草棚塌了角,棚顶铁皮插向旁边滚地龙,把支撑的竹竿打歪了。

宋没用将掖笎和洋铁罐拿进屋,用条凳顶住门,蹲在地上,清理玻璃渣。忽有所感,抬头见一个女人,抱着孩子,倚在窗外,乱蓬蓬的脑袋探进来,不知在看什么。她见宋没用起身了,便抓住孩子的手,向她伸来,"阿姐行行好,给虎头一点吃的。我们家给大炮炸没了,虎头几天没吃饭。虎头虎头,求求阿姐。"那叫虎头的孩子,木愣愣的,螃蟹似的滋着唾沫。

宋没用刮了半碗剩饭。那女人把米饭掏在手心里,一晃不见了。母亲唤宋没用过去,问是谁,做什么,"乱搭讪啥,快去找块布头,把窗子封了。哎,我的玻璃呀,还是新的呢。"

宋没用找一件破衣服,裁成窗户形状。从木箱子上拆了几根铁钉,把草鞋楦当榔头。没敲几槌子,女人又过来,念经似的,反复道:"我家虎头没饭吃了,阿姐再给点吃的吧。"

宋没用道:"小心,玻璃渣扎手了。"

女人反而将虎头的手,搭到窗框上,"虎头没饭吃了,阿姐给一点吧。"

宋没用跺跺脚,睃一眼母亲,继续敲钉子,不时把虎头的手往外推。窗户四角封住后,虎头那小得出奇的泥手,在窗布外面贴了一会,消失了。宋没用回到褥边,望一望母亲。母亲睁眼道:"看什么看,我没死呢。"

宋没用想退开,母亲命道:"回来。"

宋没用回去,母亲又不说话,睇视良久,才道:"你一直想我死是吧,死了你就轻松了。"

宋没用脸红了,"怎么会,我是从你肚皮里养出来的。"

"这话还算有良心。我养你的时候,差点死掉。为了你,我吃过多少苦。"

"妈,你说话都没力气了,休息一歇。"

"你二姐留了一笔钱,我藏着了,"母亲笑了,露半弯赭色牙龈,即又沉下脸来,"现在世道乱,蛇虫八脚都出来,想想不放心。你帮我取出来。没用啊没用,你不会拿到钱,就跟我翻脸吧。我以前打过你,是为你好。人家都说,棍棍棒棒出孝子。我快死了,指望这钱送终的。"

"妈,你不会死,你长命百岁。"

"莫哄我。你看我,一句话喘三喘。"

"这是老毛病。"

"不单这个,浑身都不舒服,五脏六腑坏光了。刚才外头扔炸弹,我胸口噗一声,闷得透不过气,手脚也动不了。这几天老是梦见你爸,他来招我到地下做夫妻了。"

"我也胸闷,这是天气关系,看着要下大雨。等雨落下来,就舒服了。"

"弄口有堵矮墙,你爸醉死的地方,你晓得吧。钱就埋在那里。你天黑了去,小心点,别让人看见。本来想让大福去拿的。等他回来,你把钱给他。他也可怜,以后我死了,他就剩着你一个。你要待他好,多帮帮他。"

"哦。"

母亲不说话了,瞩视宋没用。两爿乌紫的嘴唇,往外翻着,咻咻漏气,眼皮渐阖起来。宋没用探了两次鼻息,确认她只是睡着。这才迂一口气,擦擦眼泪。

傍晚时分,天色忽如深夜一般。有难民跑到宋没用家窗外,求她收留避雨,还试图伸入手来。宋没用拿铁皮和铁丝加固窗布。旋而起闪电。电光在窗布缝隙间明灭。雷声翻滚而来,让听惯枪炮的人们心惊肉跳。空气沉甸甸的,托不住水气了,任由雨点砸下来。棚顶和门缝开始漏水。宋没用将母亲的褥子垫高。自己缩着脚,坐在条凳上。

雨下了个把时辰,渐渐止住。宋没用待到后夜,外头没了动静,才提着锅铲出门。光脚趟泥水的哗嗒声,响得过了分。一个奶孩子的女人,凑到窗前,冷笑道:"三更半夜哪里去。是不是帮着你阿哥,给日本人送情报呀。"

宋没用深一脚,浅一脚,奔到弄口,见那短垣浸在月光里,影子拖长在地上。她停了步,四顾无人,这才蹲到垣边,随意找了一处,一锅铲下去。泥土浸过雨,松软了。挖至尺把深,铲沿震在石头上。她将泥坑重新填好,换个地方挖。连挖五六坑,手掌磨破了,忽见一角软物。扔了铲子,用手去刨。果真是一叠法币,裹在层层油纸里。油纸似遭鼠啮,边角残缺了。里头钞票张张霉湿,一碰即烂。宋没用烫手似的,捧着这堆废纸。忽有野猫窜过去,她背脊一凛,木木然往回走。

到家后,她抵住门板,喘一会儿气。取了煤油灯,摸摸是否受潮,找出火油,点燃了,走到屋角去。她的母亲躺在那里,面色跟烂土豆似的,高凸的前额上,有一点一点红白脓头。宋没用胸膛里咕噜噜响,那是怒气上涌的声音。她把废钞票甩在母亲身上。"姓方的，你宁愿让钱霉掉，都不肯给我花。你自己吃不下饭，可我要吃饭啊。晓不晓得我快饿死了。看人家蒋婆婆，金戒指换了暹罗米，给几个女儿吃。你呢，你呢，你不心疼我吗。我不是你亲生的吗。十月怀胎一块肉，不能疼疼我吗。"

母亲不动。煤油灯淡下去，使她成为屋角阴影的一部分。

"我恨你，"宋没用把自己吓一跳，又觉得无比畅快，"自我懂事起，就没个饱日子。我吃草，吃纸头，吃蛋壳。蛋壳扎得肚子疼，疼死了。你却骂我馋。你偷偷买了桂花糕，自己不吃，也不给我吃，任凭那糕馊掉，扔掉。你路上看到一只猫，都要逗一逗，喂一喂的。我连猫都比不上吗。"

宋没用跌在地上，不住瑟抖。少时，回想自己说过什么，居然想不清。忽地惊醒了，摸近母亲，摇摇她的肩膀，探探她的鼻息，抓起她的手，拍打自己面颊，"妈，你打死我个不孝顺的。"那手姜黄姜黄的,指头枯成一截截。宋没用将它阖在自己双手间。

母亲没有任何回应。

云团堆起,云团散开。月光亮了,月光灭了。太阳渐出,渐高,渐斜,渐沉。宋没用不知跪坐多久,双腿麻得没有知觉了。她在等母亲醒来。忽听背后窸窣,似有人扶着墙,踢着脚边杂物,慢吞吞挪来,准备开口招呼自己。宋没用抢先招呼了,"妈"。扭过头,见是一只老鼠,趴伏于地,像在思考什么,倏然一窜,进了杂物堆。宋没用脑中仿佛塞满米糊。妈妈在哪里呢,她想。

棚内积水早已退去,霉湿味反而重了。逐渐干燥的泥地上,散着草鞋、垃圾和死蚯蚓。几只光脚印,是宋没用自己的,从门口一径踩过来。木盆、饭锅、焐子、米罐、马桶、条凳、橡胶木箱子,互相挨挤着。小方桌上有一只土碗、三双筷子。桌前晾了两件衣服，绳子短，晾不开，远看起来，仿佛两个缩手缩脚的人，吊在半空中。它们对面是一排纸像，观音、火神、寿星、关公、钟馗。纸像尽皆霉脆了，拖下一道道水渍。神仙们的脸孔，也就黄白相杂，神情莫测起来。苍蝇满棚子狂舞，往角落里俯冲。那里有一堆拾来的废布头，叠紧，夯实，铺了褥子。褥子上蜷着宋没用的母亲，气味已经渥臭了。宋没用爬过去，赶掉苍蝇，为她苫一方麻布，砰砰磕头道："方小姐保重。"

普善山庄的收尸车隔日才来。说大世界炸死两千人，收尸车全部出动，还租了别家卡车。龙门路材栈积尸成山。搬运、清理、瘗埋，整整两天。宋没用裹好母亲，放在屋前，眼巴巴看着收尸人，打开薄皮棺材。里头已有一具尸体。收尸人将它推开些，把宋没用的母亲堆上去，塞紧了，阖上棺材盖。

收尸人穿马甲制服,背后印有"普善山庄",底下一个大十字架。十字架动起来,宋没用跟着动。十字架停,宋没用也停。又来两个收尸人,把板车上的棺材,往布篷卡车后厢搬。厢内已有二十来副棺材,皆以柳木条子钉合而成。宋没用一错神,分不清母亲在哪里,慌忙上前扒拉。一个须发夹花的收尸人,拉开她道:"别这样,人总要死的。"众人收好板车,登上卡车厢。宋没用转而抔住车梯。卡车动了,梯杠子滑出手去。宋没用追着跑。收尸人们在一盒盒棺材之间,或坐或站。其中一个叼了香烟,靠在厢沿上,向宋没用挥挥手,示意她回去。宋没用跑得气息错乱,脚下打了个绊。卡车变小了,拐一个弯。

宋没用拖着脚,也拐弯。柏油马路在尽处分岔,不知卡车走的哪个方向。她站定下来,左右瞻顾。晨风倏然一抖,洒下碎金似的阳光。楼檐、路灯、电线、碎石、杂草、垃圾,每样东西都晶晶亮,恍若刚刚诞生。在街角过夜的人们,揭开油布和草席,重新活了过来。

簇新的一天,拿来做什么呢。宋没用照顾母亲一年半,睡不好,吃不饱,劳作无休,总盼着过过轻松日子。待到老天爷真把负担卸走,却又糊涂了。仿佛拉空车的骡子,不知该往哪里跑。

宋没用任由自己飘荡。忽见一扇杨木门,补丁似的贴在泥墙上。一根锈得生脆的铁条,戳在门板上当把手。那是她从垃圾堆里捡来的。她已不知不觉走到家。可家门边悬着的油布是陌生的,檐下晾来做草鞋的高秆稻草也不见了。她怔了一怔,过去推门。

乍一眼,宋没用以为走错了。

屋里横着板车,堆满箱箧包裹。一个赤膊男人和一个小丫头在合搬樟木箱,听见房门吱咯,齐齐转过脸。小丫头缩了手,箱子倾在地上。男人打了她一记，抓起扁担，往地上杵了杵。一个女人抱着孩子，从墙角出来。那孩子哇啦叫。宋没用认得是虎头，"喂"一声。女人张了嘴，似欲回应，终究不发一言，绕过宋没用。

宋没用道："我给过你们一碗饭，"又道，"这屋里死过人的。"无人搭理。她在屋里团团转，眼见他们将自家物什摆放开，把宋没用家的东西堆拢在角落。她忽想起抢救母亲遗物，便去角落里扒拉。女人说："都在了，我帮你拿出去。"宋没用耳根腾地红了，"谁要你帮，这是我的家。"女人冷下脸来，撕了墙上观音像，扔在宋没用脚边。

宋没用道："观音娘娘让你们不得好死。"男人瞪她一眼，扭头对女人道："就你多事，还不做饭。"女人退到屋角，打开米罐，倒出最后一点米，意犹不甘，手掌刮了几遍罐底。又拎出洋铁罐，挑几根木柴，舀上半锅子水。熟门熟路的，仿佛在自己家里。

宋没用见她动用米和柴,心下肉痛,又不敢言。紧咬嘴唇,额角青筋突突跳。男人睃她一眼,指着杂物堆道:"坐那边去。"宋没用依言坐过去。

少时,起柴火味,继而有米饭香。小丫头手脚慢下来,腹中咕咕巨响。女人笑了,"你是做姐姐的,要多让给虎头吃。"灭了火,端来饭锅。一家搬了条凳、箱子、杌子,围坐到方桌边,脑袋挨脑袋。小丫头的两只手,在衣襟上来回擦抹,眼睛盯住饭锅,口水滴答的,赶忙抓一只筷子,放进嘴里舔吮。她估摸有十来岁,跟宋没用当年一样,脖子细,脑袋大。宋没用想起母亲也曾取笑自己,"头颈贼细,直想啜叽"。强忍多时的眼泪,终于落下来。

女人留意到了,犹豫一下,另拿一只碗,盛了几勺稀粥。男人道:"再加点。"女人又添一勺,端来道:"你也吃,我们有咸菜的,要不要。"

宋没用道:"啥都不要。"胃里一阵抽筋,想起已有两天未进食。女人把粥放在地上，谛视宋没用，见她神情松动了，便又端起，递到她鼻头底下。宋没用这才接了，一饮而尽，烫得连连呲嘴。

女人道："饿着不好受吧。我们一家四口人，又不能活活饿死，总得想法子吃饭。只要不杀人放火，观音娘娘会原谅的。"

男人斥道："话忒多。"虎头受了惊，咳嗽起来。女人过来伺弄儿子。男人问宋没用："吃饱了吗？"不答。又问，点点头。"吃饱了，就走吧。"

"什么意思？"

男人横她一眼，"我听街坊道里讲，你们家在给日本人做事。"

"他们瞎讲，瞎讲，瞎讲。"宋没用声音小下去。

女人道："我就说了，人活着，总要吃一口饭，大家都是没办法。"

男人忽然起身而来。他身体前倾，荡着两条胳膊，走路姿势像猩猩。抓筷子的手势，仿佛抓了一把刀。宋没用慌忙跳起，朝旁边一让，奔出门去，到弄口才停。靠在短垣边，缓一响气，慢慢往回走。

弄堂的犄角旮旯里，缩着一窝窝难民。不时斜出一对眼睛，审顾宋没用。宋没用低了头，快速穿过去。他们都知道宋大福给日本人做事了吧。妈妈说得对，他们嫉妒，见不得人好。

虎头一家把草棚门关上了。宋没用蹑足而行，歪了脑袋，凑近耳朵。门内似有哗啦响。她浑身一抖，绕道疾走。拐个弯，到聂师傅家门口。遥遥听见聂师傅声音，说大世界落了两颗炸弹，炸得满地断胳膊断腿，血雾腾腾的。有问是谁炸的，是不是日本人。聂师傅说，报纸写是中国人飞机，被日本高射炮击中，误炸的。"还是日本鬼子作的孽，日本鬼子最可恨。""最可恨的还不是日本人，是给他们做事的中国鬼子。"一屋纷纷骂汉奸、骂新民会。聂师傅说:"你们晓得吧,有个当日军翻译的汉奸,在新闸路上被人打死了。爱文义路、卡德路、霞飞路,都打死过汉奸。"

宋没用一惊,脱口道:"宋大福不是汉奸。"门内听见了,探出三两只脑袋。宋没用背过身,颤着两只膝盖,出药水弄,沿河边走。见一座小木桥,便往桥堍上一蹲,任由脑子空着。

阳光旺起来。沥青色的苏州河水,晒出一股烂咸鱼似的气味。河对岸有个小老头,站在凹口处,脚底蹚着水,双手搦着带尖钩的竹竿,捞捡顺水漂来的垃圾。宋没用记得几年前,有人在那里捞到女尸。母亲去看过,回来讲了两三天,"乖乖隆地咚,脑袋泡得那么大。听说是自己跳的河。也不晓得着急啥,老天爷给的命,早晚会收回去的。好死总不如赖活着。"

宋没用想起母亲比比划划的样子,不禁一阵气闷,落下泪来。殁在苏州河里头,是什么感觉呢。

死得爽快不爽快,难受不难受。脑袋真会泡得那么大吗,还能被认出来不。人家会不会说:汉奸,活该,死得好。

宋没用往前倾,在水里照见自己。脸色也是沥青的,蓬着头,肿着眼,颊颐凹陷下去。她松了一只脚,慢慢往前蹭。那脚一半悬到河面了,忽见聂家小儿子,从桥那头过来。宋没用一激灵,站起身,忍住头晕,拖着发麻的腿,往反方向走。

大街上乱得不能再乱。店面都关闭了。滚地龙跟出疹子似的,一片连一片。毂足交错,喇叭天响,逃难者跟没头苍蝇似的瞎撞。有的推开收容所大门,被粪臭味和密匝匝的人头吓住。有的往门墀、桥洞、墙角里一钻,铺上报纸,占地而安。哭泣的、乞讨的、出卖细软的。更有跑单帮小贩往来穿梭,叫卖洋米、火油、肥皂、香烟、灯胆。

忽见一人满头鲜血,扑倒路边。有喊"抢馒头啦,打死人啦"。宋没用避开,拐到民国路。这里有段枯河,原能随意进出法租界。此时,河床上多出一道六七尺高的铁栅门。难民争相摇晃铁门,互相踩着肩膀攀爬,还将胳膊塞在栅条间,似欲把整个身体缩小了,一同塞过去。

宋没用决定去公共租界试运气。走走停停,到西门斜桥,遥见一堵新砌的砖墙,蜿蜒如城墙。她沿着墙,过陆家浜,至大西路。公共租界果然也封闭了。沙包,铁丝网,铁栅门。更有一杆杆机枪,对准外头难民。每当飞机呜呜掠过头顶,难民就惊惶发狂,往前潮涌。有人被踩踏在地,哭嚎片刻,没了声音。有人和亲友挤散,大呼小叫着,逆人流而动。在他们身后,有更多难民,拎包裹的,提麻袋的,挑扁担的,推板车的,挨挤至数里之外。有人钻来窜去,捡拾地上弃物。那是幸运儿们留下的——他们已进入租界,并按照规定,将行李留在外面。

宋没用想离开，却晚了。前后都是人，跟箍皮筋似的，越收越紧。她鼻孔透不过气，双脚几欲离地，心里也乱起来。一刻担心衣食无着，一刻后悔没有投河，一刻忧虑和哥哥失联。再一刻想到，偌大的花花世界，说败就败了。她一个人的苦，又算什么呢。天上到底有没有神仙。如果有，为啥天底下这么乱，这么多人在吃苦。

宋没用抬头喘气。天上没有云，颜色深一块，浅一块。天空往前延伸，被一丝电线悬住；向后舒展，被半排瓦檐截断。天空逐渐漶漫，淹过树顶、房屋，淹过城市、陆地。天那么大，人这么小，神仙在哪里呢。宋没用浑身瑟抖，脱口高呼："观音娘娘！"

一只馒头应了声，从天而降。宋没用诧讶得阖不拢嘴。馒头一只一只，接连落下。这才看清是二楼窗口扔的。对街有户人家，也开了窗户，往下扔烧饼。一时间，沿街居民纷纷投掷食物。租界里也有人买了馒头，让巡捕代为抛送。

难民跟鱼群似的，随着食物，忽而挤到东，忽而挤到西。无数只手向上乱抓，更有备了洋伞的，将伞倒撑于头顶。一只烧饼砸到宋没用脑袋，她伸手一够，没够到。急忙蹲下，四处乱摸。摸到了，转手往嘴里送。烧饼沾了尘土味。一同流进嘴的，不知是鼻涕，还是眼泪。旁人围过来踢打争抢。宋没用三两口吞光，这才放松了，犹如溺水一般，任由人推搡着，荡到上街沿。

她发现草鞋被踩丢了。便光着脚，往僻静处去。一路捡拾弃物。值钱的箱笼、被褥、木器、家具，早已被捡光。剩了些破旧衣物，便宜小件。她拾了一只麻袋，挎在臂弯里，在地上挑挑拣拣。发现一双中跟皮鞋，鞋头缀着蝴蝶结。她用袖管擦净鞋帮，捋捋皱了的鞋后跟。试一下，舍不得穿，塞进麻布袋子。

马路渐渐发起烫。宋没用出了一背盐花，琢磨找地方歇脚。对街有一所学校,新辟为难民收容所。一个圆眼镜白衬衫的男人,在收容所门口拍照。见宋没用斜穿过来,便调转镜头对准她。宋没用心虚了,转身跑。一辆雪佛兰在街心急停,将她撞飞出去。有那么几秒,她眼睛发黑,身体失去知觉。以为自己死了,觉得死了也好,转念又惶恐。腿肚上倏然一记刺痛。她清醒过来,拾了麻布袋,一个翻身,瘸瘸拐拐离开。

左腿、屁股、后背,都受伤了。脚底水泡渐次磨破。宋没用忍着痛,满街乱走。太阳淡成金白色,迟疑不决地吊在楼顶。她到小沙渡路以西,劳勃生路之南,见一家老虎灶,觉得眼熟。顿了顿,走进去。

仍是那个老板娘,圆身材,小眼睛,头发已枯成稻秆的颜色。她截住宋没用,抹布一挥,"我们这里是正经做生意的。没地方住,找政府去。"

宋没用忙道:"我不是逃难的,我来买碗

水喝。"

老板娘睨着眼睛。宋没用以为她认出自己了,埋了头,犹豫是否承认,却听道:"小姑娘,你没进过老虎灶吗。我这里的水,从不一碗碗卖。"

宋没用松了口气,"我买一瓶水,"她作势浑身掏摸,又解开包裹,取出皮鞋,"这个能抵水钱吗。"

老板娘捏一捏鞋子,是羊獉皮的。放在地上,一脚踩进去。鞋帮卡住了脚。她甩脱出来,将鞋子踢到桌底,转去灶台,舀了一碗水。宋没用哈腰谢恩。老板娘上下打量她,仿佛在菜场里估摸一只牲畜的肉质。宋没用浑身绷紧了,不敢喝出声音。

门口有人买水,老板娘这才走开去。宋没用吁一口气,从碗沿上匀出眼睛,环顾四周。灶间比记忆中的小,潮气腾腾的。四格玻璃窗蒙了油腻,把阳光滤成昏黄色。没有一个茶客。桌上有一把铜吊,两只缺角的小瓷碟。长凳被搬到墙角,凳面晾着七八条尿布。蓝花夹棉浴帘拉起一半,能看见里头的杉木桶和澡盆子。

头顶一阵响动,嗒,嗒,嗒,从东头挪到西头,横贯头顶,到了楼梯口。楼梯吱吱咯咯,不堪重负似的。宋没用脸红了,往墙边上靠,扭头发现老板娘在看自己,便又站回原来位置。

下楼来的,果然是叫仁道的男人,抱着个孩子。他整个人宽胖出来,面颊微微松弛了。他见了宋没用,咦一声,放下怀中孩子。那孩子摇摇摆摆地走。宋没用见他鼻涕干在脸上,拖出一道道灰渍,颈弯和耳郭上,有一大片起伏增生的肉色瘢痕。她朝孩子抓抓手。孩子笑了,嘴角垂下一径口水。

老板娘问:"水喝完了?"

宋没用颔首,不想走,又没理由。屁股一挪,身体顺势伏地,用力磕头。咚——前额后勺,闷声振荡,她整个人昏淘淘起来。"老板娘,我不想回药水弄。"

老板娘眼珠不动,心底来回拨算,有了主意。"起来吧,慢慢说。"

宋没用从地上起来。浑然不觉,生活已经翻新。

写于 2014 年 9 月 9 日

袁跟弟

十二岁上,袁跟弟第一次见美元。父亲袁德才引她至阿蒂克风格的屉柜前,轻启一屉,"给你长长见识。这是阿美利加钞票,'道勒'(dollar)。一沓子捏在手里,能把人耳朵割下来。"过道窘窄,父女蹑足逃回客厅。

袁德才,滨海县人,木匠。听闻上海遍地黄金,便舍了薄田,举家迁至上海,以修补家具为业。经人介绍,给个美国女人当长工。逾年,央着雇主,把做童工的大女儿弄到俄罗斯犹太人家帮佣。邻里喊测,"好好的工厂不做,跟罗宋瘪三搅了一道。"袁德才说:"他们懂个屁。'卖大母'(Madam)讲了,在阿美利加,女人家是有志气的。跟弟,你也有志气,以后像卖大母一样,到外国去。"

袁跟弟的男主人是犹太人医院会计师,女主人在国际饭店当大班。袁跟弟给他们带小囡。小囡学讲话,她跟着学,很快会了俄罗斯语。还尝试烤蛋糕、煮罗宋汤。

逾数年,老家娃娃亲来逼婚。袁跟弟跪泣一晚,"我是开过眼界的,回不去了。"袁德才赔了二十斤猪肉钱,退了亲。女主人听闻此事,相帮她撮合对象。张鹏生,海门人,念过私塾,在犹太人医院做牙科助手。玳瑁眼镜,派克式发型,笑起来眉眼酷似赵丹。他带袁跟弟到兰心大戏院,看俄罗斯舞蹈团的《天鹅湖》。袁跟弟问他,为何不学俄语。他道:"学那个做啥,医院里厢有翻译的。"

第五年上,时局飘摇,雇主举家回国。袁跟弟歇工结婚,未几有了孕。新房子在长乐路,一格亭子间,十二平米,张家用两条小黄鱼顶下的。春杪,弄堂里晾晒的男人衣裳纷纷遭窃。风传是国民党干的,吃了败仗,装作老百姓逃跑,换下的军装扔满街角花园。

一日清晨,袁跟弟拎了菜篮头踅过路口,见上街沿睡满士兵。布鞋,布腿,短檐圆帽,灰白制服。各户收音机,齐唱《东方红》。袁跟弟颠着脚回家,见丈夫亦站在收音机前。相顾懵腾。张鹏生道:"不搭界,该哪能活,就哪能活。"

岁余,孩子断奶。袁跟弟重新出去找了个雇主。卖葡萄酒的白俄老太。袁跟弟给她封酒瓶。印度软木塞煮酥,插紧,渍一下釉水。时或帮忙喂狗。牛肉、面包、洋葱、马铃薯、胡萝卜混煮,拌几只鸡蛋。

老太误将"跟弟"念成"凯蒂"。给她看沙皇照片,横掌作抹脖子状,"凯蒂,这是俄国皇帝,全家都杀头了。"袁跟弟喏喏,回家与夫言。张鹏生道:"外国反动分子,千万别理睬。出了事体我不管你的。"

居数月,白俄老太起意去澳洲。行李众多,又带了两条狼狗,想让"凯蒂"陪至香港转乘飞机。袁跟弟办好赴港手续。张鹏生道:"你去了不回来怎办。"袁跟弟骇异,"我做啥不回来。""不要装戆。你老早子作风很朴素的,穿个大襟衣服,头上扎块爱国布。现在呢,衣裳是缎子的,头发烫得七绕八绕。腐蚀成啥样了。向往资本主义花花世界了吧。我姆妈讲你心思活络,不是个过日脚的。我后悔不听老人言。"袁跟弟哭一场,推辞了白俄老太。

翌年,洋人纷纷离沪,犹太人医院解散。张鹏生领了五百块解散费,失业在家。两年后,熬空家底,令袁跟弟一道回乡。袁跟弟道:"我是上海长大的,不会得做农活。"张鹏生道:"要么回去,要么离婚。"争吵数日,袁跟弟妥协。

在海门,张家有砖瓦房一幢,田地四十亩,被定为中上农。张母攒了稻麦,不舍与人分食。孩子们饿到肋骨可数。袁跟弟去仓中偷米,兑了水,放进砂罐,在灶膛里慢慢煨熟,给一儿一女吃。

张鹏生嗜好烟酒,捺不得乡居清淡,半年后独自归沪。少时,袁德才来信,说三星糖果厂招工,让女儿也回去。张母道:"刚来就想走,当这里是啥了。"袁跟弟让她拿粮食换船票。张母拍腿喊穷。袁跟弟道:"我种地不利索,拖了两个小囡,真会把你吃穷的。"张母这才嘀嘀咕咕,匀她两袋麦子。

轮船甫一开出南通码头,袁跟弟开始呕吐。到家时,满嘴苦胆汁,下巴都脱臼了。张鹏生醺醺然道:"哪能回来了,啥人允许你的。"袁跟弟口不能开,涔涔泪下。去医院查出颚软骨挫伤。每天拿一把扁勺子,塞饮白开水和粥。

逾日得知,糖果厂要求技术考试。袁跟弟买来半斤方糖、半斤圆糖,练习包糖纸。考取为正式员工。病一场,瘦得坐骨突棱,起立不安。硬撑着白天做家务,晚间上夜班。怕自己瞌睡,故意抢了重活干,在电炉上熔蜡。年末被评为先进工作者。

开春,糖果厂迁至南京。袁跟弟对张鹏生道:"你也没工作,不如一道去。"张鹏生面皮赪红,"你肚皮又大了,不好好养着,去南京那种乡下地方做啥,"又道,"哪有男人跟了女人跑的。"袁跟弟辞了职。张鹏生打零工,读夜校。每月学费二十元,花光妻子积蓄。终于考上执照,在家里开一爿诊所。牙科椅占掉半间房。拆去大床,全家打地铺。

袁跟弟生了女儿。断奶后,到波兰人家帮佣。

一做三年,学了点波兰语,在侨民中名气渐长。一次患阑尾炎,东家来医院探望,即刻被人上报。出院后,总工会约谈她,说她违反法律,"外国人在中国不好随便乱走,更不好跟中国人走动。外国人的佣人必须国家指派,否则泄露了国家机密,啥人担责任。我们去工会调查过了,你是私人介绍的,没有经过组织。"勒令她编个理由辞工。袁跟弟向东家诉了实情。东家欲帮她去工会补办手续,被拦住,"他们就是恨我会讲外国话,跟你们关系好。"

工会盯了袁跟弟五六趟,又找张鹏生做思想工作。张鹏生整日咻聒,不许妻子出门。袁跟弟只得辞了工。少顷,居委会介绍来一名劳动局干部。自称姓邓,穿便衣,反复研诘:"你在波兰人家做过啥,讲过啥。"晚饭后方走。张鹏生道:"早让你和洋鬼子划清界限。看看,惹麻烦了吧。信不信我也跟你划清界限。"袁跟弟道:"随便你,我无所谓。"张鹏生吃瘪。

翌日清早，邓便衣复来。继而上班似的，天天报到。自带茶叶和搪瓷杯，讨要开水冲泡。啜茶，咂嘴，剔牙，问这问那。无话可问了，玩弄假牙模型。或拧开红灯收音机，躺到牙科椅上，哼哼唧唧听电台。

稍后，政府拟将张鹏生的私人诊所并入静安区牙防所，允诺每月三十块补偿。袁跟弟提条件，要求解决自己就业。两厢僵持。张鹏生瞒着她，签了字。及至诊所器械搬走，被告知补偿费用减为十块。又说张鹏生没有正规医学文凭，工资降到六十八块。袁跟弟说："你就是胆子小，耽误事体。"张鹏生说："你自己没工作，倒有面孔讲我。"

袁跟弟翻出失业证，兜头甩给邓便衣，"你在我家坐着，有吃有喝，有工资拿。我却吃西北风。要不你帮我介绍工作，我保证每周陪你谈一趟。否则我自己出去寻生活了。"她指使孩子们上前揪衣抱腿。

邓便衣磨她不过,介绍她到北京西路劳动服务队。自己跑去滨海县,找袁家阿舅探问情况。阿舅说:"我三八年参加八路军,我外甥女从小做童工。一家门政治上清清爽爽。倒是她那个男人,给犹太医院跑过腿,可能有点资产阶级思想。"

翌年,劳动队辞退了袁跟弟。领导说:"邓同志只让你做一个月。我看你工作卖力,才留了这么久。现在搞整顿,你没有介绍信,我们不好办。要不你自己找找邓同志。"袁跟弟跑到劳动局,发现没有姓邓的人。去居委会,又至派出所。派出所说:"邓同志是外事处的,他有他的工作需求。"袁跟弟吵起来,"我是坏分子吗,索性把我铐走拉倒。"

最后街道出面,安排她到通用制药厂,做外包工。两年后,工厂缩减人员。袁跟弟又失业。辗转数月,至上海十七漂染厂。每日介忙到天黑,与小组长一起关窗户、切电源。张鹏生道:"临时工一个，卖力得像是劳动模范。"袁跟弟眼白一翻，"反正我做啥，你都看不惯。"张鹏生不语，少时，道："你忒要强了，跟个男人似的。"

来年，袁跟弟转为正式工。参加厂里的扫盲班，学习写汉字、做算术。三个学期后，能佐着《新华字典》，阅读《毛主席语录》了。或问："你天天待在教室，不回去陪陪家里人。"她答："跟家里人没啥话好讲。"

路灯跳亮了，袁跟弟阖上本子，松松腿脚。灌一口自来水，啃两只白馒头，独自走去公交车站。帆布书包上悬一只小算盘。满盘松木珠子，随了脚步，沙沙滑移。仿佛小学生。她模模糊糊有了触动。

此后上班下班，日脚安稳，直至大儿从黑龙江插队归来。袁跟弟提前退休，让他顶替进漂染厂。在家无事，练练毛笔字。央视开播《跟我学》后，又购入教材，自习英语。揣一本《工作手册》，记满单词，时时背诵。张鹏生道："吃饱饭没事体做。"她道:"保不准以后有机会去美国看看呢。我外文名字都是现成的,叫'凯蒂'。"张鹏生哈哈不已,当个笑话,说与邻人,还"凯蒂、凯蒂"乱叫。

袁跟弟让他别叫。弗听。袁跟弟掭了鸡毛掸,敲一通桌子。又召集家庭会议,宣布要离婚。儿女哗然,"老妈疯了吧,搞啥花头精。""屁大点事体也发火,是不是肝脏不好。""老两口吵吵闹闹,不都熬了一辈子。"袁跟弟流泪,"就因为熬了一辈子。"

喧过几天,袁跟弟突然中了风。愈后双手哆嗦,口齿含混。张鹏生哼道:"让你出去飞呀。"袁跟弟缄默。忽一日,唤来大儿,"樟木箱底下有件长袍,掩襟口袋里有张'道勒',多少年不敢拿出来。"大儿依言,果然寻到一张 1934 年版美元。捋平褶子,递过去。袁跟弟眵泪模糊,使力捻一捻,点头道:"是这样子的。"

写于 2015 年 12 月 31 日

改于 2018 年 1 月 5 日

谭惠英

谭惠英是独养女儿,有过阿哥、阿姐、两个妹妹,先后夭亡了。奉贤泰日乡的男女暗地喊测,说谭家沾了死人气,根脉弱。谭家世代是"望坟山"的。轮到谭根才时,东家到城里做生意,从祠堂边匀了几亩田,租与他种。谭根才卖完谷子,交掉租金,攒下七十六个洋钿,在坟山脚下承佃了八分地。

谭惠英随了父亲，干起农活来。满十三岁时，家里给她"做寿头"。父亲杀煮一只野狗，母亲下两锅山芋面，分与村邻吃。人客散尽后，谭根才提来一桶滚水，闭门上闩。谭张氏摁了女儿坐下，说："今朝开始，你是大人了。隔壁三囡小你半岁，早就找好婆家。你这样大着个脚，是嫁不掉的。"谭惠英弹跳而起，径直往外窜。父亲捉她回来，绑在椅背上。母亲抓牢她的双脚，在水里烫得熟软，捞起一只，揩干，置于膝头，往趾缝里洒些明矾粉，拢着二趾、三趾、次小趾、末趾，往脚底心掰折。谭惠英又蹬又扭，连人带椅翻在地上，嘎哑道："我也变小脚了，啥人相帮种地。"父亲在旁道："慢着。"母亲手上一松。谭惠英又道："家里刚刚多租了十亩地，索性全部我来种，种一辈子。"

谭惠英十九岁上，长得肩阔臀肥，腋窝肉一潜一潜。两只大扁脚横兜里一叉，整个人稳稳桩在田地上。某日，谭根才从邻村带来个男孩，找媒人相面测八字。谭惠英睃了一眼，见与自己年龄相若，脖颈细伶伶吊在领口上，支起一颗小圆脑袋，跟黄豆芽似的。谭惠英噗嗤发笑，那厢里耳郭一抖，细脖颈瞬即转红。

男孩入了赘，改姓换名为谭建平。成亲那日，他穿长衫，戴草帽，由媒人作陪，走过三里地，进得谭家来。谭家摆了十桌酒，吃喝到后夜。岳父母各给一块洋钿。他烫手似的捏住，"爹爹，姆妈，这真叫我难为情。"推让着，收下了。

婚后，谭惠英每日赶丈夫早起，铡牛草，畚牛粪。待到对过山脉轮廓隐绰绰扎出夜色，便催促他下地。谭建平忙到日头西昃，蹚着两脚泥回家，扒拉几口稀饭，即又出门捉鱼。一次落了水，发起烧来。谭惠英詈骂他，见他落泪，便道："哭个头，跟女人似的。"谭建平默然一晌，说："你家做的好生意，两块洋钿买个长工。""喊，一块洋钿值三百铜板呢,你家里里外外,把屋头顶的麻雀屎算上,都没几个铜板。空着两只手,白白里讨了老婆,倒还委屈了。"

逾二年,谭惠英有孕,恰逢东洋人打来,乡人跑掉大半。堆满桌凳橱箧的板车,在村头纵七横八,交轧作堆。谭惠英说:"出门一里,不如家里。到外头也是饿死,索性待着,看鬼子拿我们怎样。"一天,谭建平忽从地里跑回家,拎了根柳条鞭,浑身觳觫不已。谭惠英再三诘问,才知他妈出事了,前日在灶上烧黄豆,香气勾来了东洋兵,她不舍得给,被一枪搠死。谭惠英想了想,说:"你妈也忒小气,命要紧还是黄豆要紧。"谭建平眦着眼,满眶的眼白,似要把黑眼乌珠推挤出来。

谭惠英临盆时,找不到接生婆。谭张氏拿了杀鱼剪刀,断开脐带,抹两把草木灰止血。旬余,婴儿肚脐出黄脓,隐有恶臭,继而双腿发紫,高烧而死。谭张氏给婴儿穿了小衣服,装在水桶里,欲出去埋掉。谭惠英拦下她,"小猢狲刚投胎就走,害我白辛苦,做啥还要浪费布头。"剥了小衣服,收好。母亲道:"你心肠忒硬了,比男人家的还硬。"

此后三年,谭惠英一年生一个,皆因脐带感染夭亡。生到第五个,谭张氏学了乖,敲掉一只新碗,拿碎片利口割脐带,这才保下孩子。谭惠英给他起名谭新官。新官三岁上,阿大阿奶①都走了。先是阿大,肺病不治。谭惠英用十几斗米,换了一副松木棺椁。尚在头七里,水牛突然发疯,冲过田畛,阿奶脚小跑不动,吃牛角一记顶,殒了性命。

请和尚做过道场,落下葬来,已是十月廿八,稻子不及收割。谭建平贱卖了二十只鸡,囤得一冬口粮。谭惠英朝他发火,"都怪你,管不住牛,害我没了妈,又折了鸡。"谭建平道:"耿牛发脾气,啥人拉得牢,你巴不得戳死的是我,对吧。""窝囊

---

① 阿大阿奶,奉贤话里对爷爷奶奶的称呼

废,你哪能不去死,到地底找你的小气鬼亲娘去。"

谭建平一掌捆去,谭惠英反抓他头发。两厢扭打,谭建平将妻子压在身下,拿胳膊肘碾压她的脸,"你个老屄,一直让着你,你倒以为我好吃吃。"见她不动弹了,便直了腰,抓了棉袄,奔出门去。

谭惠英晃散着头发,杵在门槛前,骂了一时辰。眼见鸦青色的天盖子,往坟山头罩下来。山顶十余尺高的柏树,遥若一排老人牙齿,将摇不摇的,掩着方格子似的祠堂。祠堂供有一排排金字雕龙红木牌位。谭惠英记得年幼时,曾被父母独留在那里厢。夜风挑弄树枝的唰唰声,令她几欲昏倒。她退回屋,上了闩,抱起儿子道:"你爸不会回来了。"谭新官被她双臂箍得气闷,刚想哭一哭,见母亲已经在哭,便惊得眼泪鼻涕全都缩回去。

月余,谭建平归得家来。他瘦出一额皱纹,头发拖到颈窝上,粘成一簇簇。袄子里的棉花,这处那处扎出来,尽皆发了黑。谭惠英啊呀一声,嘴唇抖抖道:"讨饭瓜子,死回来啦。"把炭炉拎进屋,淘米上锅。谭建平佝在一边,缩手缩脚,觑着她的脸色。谭惠英道:"看啥看,我要吃掉你吗。"把饭在碗里夯实了,嘭地摆在桌上,睨了眼,看他吃。少后,问:"饱了吗。"摸摸他肚皮,手掌一折,将墙角扁担勾过来。谭建平背脊骨一激灵,手指头抓不住饭碗了。谭惠英把扁担在地上戳得笃笃响,"我暂时不打你,你给我好好睏一觉,明朝起来做生活。"

　　　　　　　　　　　写于 2016 年 7 月 14 日

·

杨敏安

那年季春,日头暖得早,弹格路的石缝提前绿了。梧桐叶芽覆了白绒毛,一撮撮招摇。杨敏安站在楼顶,挥舞晾衣叉,感觉仿佛过节一般。

"老鼠奸,麻雀坏,苍蝇蚊子像右派。"学校放了十天假,命每人上缴老鼠尾巴十条、麻雀脚爪十对、蝇蚊全尸各一百。九岁半的杨敏安,伙着双胞胎弟弟杨敏泰,拿药条粘光公厕里的苍蝇,又相帮母亲把水泥糊灌入老鼠洞。消灭蚊子的滴滴涕，要用嘴巴吹出烟雾，父亲嫌鄙危险，不让儿子们碰。给了两只锅盖，一根晾衣叉，让出去赶麻雀。

楼顶挤满了人。鞭炮、旗布、扫帚、毛巾、面盆、锣鼓。杨敏泰咣咣敲锅盖。杨敏安磨住个小青年，借一把气枪。学了枪手们的样，嘴唇噘弄铅弹，双手摩拭枪管。上膛时，保险失效，压气杠杆骤然回位，将他左手食指弹得甲面崩裂。啊呀摔下楼去。

杨敏安多处骨折，腓神经受了损。愈后脚心不平，跟骨日夜疼痛。他不再与弟弟一道上学。每日早出晚归，就着天光昏昧，独自瘸瘸拐拐地走。他听不得"腿"字。继而"脚"、"裤"、"袜"皆成禁忌。豁到一耳，就赪红了脸，狠掐自己大腿。某次，杨敏泰见他行走吃力，想扶掖一把，被他用肘关节顶得趔趄。另一次，他见同学扎堆窃笑，疑心在嘲讽自己，便拿弹弓射他们。再一次，他将报纸扯得粉粉碎，趴在纸屑堆里哭。母亲再三诘问，他道："新闻里讲，麻雀不算四害了。这不是出尔反尔吗。"

及至十八岁，杨敏安比弟弟矮一截，肩膀塌斜，脖颈细长，托了一颗大脑袋，仿佛随时折断下来。停课闹革命后，他当了逍遥派。家中藏书翻熟了，又去撬学校图书馆大门。管理员怜他蹇跛，口头警告作罢。

杨敏泰道："读书有啥用。听毛主席的话，闹革命去。"

杨敏安道："不要听风就是雨。头脑简单，四肢发达。"

杨敏泰乜斜他的腿，不语。

杨敏安耳尖一颤，额角青筋蚓起，推搡道："你多少有出息，还来可怜我。"

自此兄弟殊道。杨敏泰领了红袖章和盖过戳的学生证，到处搭乘免费公交车，宣传毛泽东思想。

又全国搞串联。再报名去西双版纳。临行前跑去派出所，改名杨爱彪。继而从云南来信，宣称自己又改名了，叫杨卫东。

杨敏安愈发像只偎灶猫，整天介读书、昏睡、发怔。配了赛璐珞眼镜。看人也跟看书似的，胸脯微含，肩胛前倾，眼鼻皱缩起来。他用鞋盒养过一只麻雀。喂食小米粥和熟蛋黄。旬馀，将它抠了眼睛，烧了羽毛，弃在畚箕里。还时常半夜起来，摸至父母床边，不动不响，看他们睡觉。母亲劝他吃硃砂安神丸。他说："要么让我吃滴滴涕，早点翘辫子拉倒。"

逾数年，杨卫东顶替回城。杨敏安不肯同去接火车。向晚，过道喧哗。他从书页上匀出眼来，见二老拥着个面皮焦黄的乡下人进门。啊呀一声，"杨敏泰，你从垃圾堆钻出来的吗。"湿了眼睛，相顾握手。握得手背白一道，红一道。

半年后，杨敏安被安排至遵利金属制品厂，手工装配订书机。员工多为残疾人,也有家庭妇女。上了一阵班,忽闻高考恢复了。他心念大动,又恐落败见笑。偷偷买了书,想先温习几年。有同事凑近问:"一天到夜缩在角落里,看的啥物什。"他双手捂住,"关你屁事。"同事哼道:"算你吃过点墨水,还不是跟我一样,在街道工厂当个下等人。"他将书本朝同事脸上甩,一甩不中。拾起来反复掸擦,痛心不已。

杨敏安决意当年报考。请单位领导盖了章,瞬即人人皆知,"杨敏安想要跳龙门啦。"更或模仿他快走的样子,一扑一纵。他假作不知。毛笔写了"虎落平原被犬欺",夹在书页间。熬夜熬得恶心了,咬牙念将出来。

杨卫东帮他抢购数理化自学丛书,在新华书店门口通宵排队。临考前十余天,杨敏安开始失眠。母亲彻夜坐守,用冷毛巾给他敷额。考试当日,父亲租了机动三轮车相送。杨敏安捽住他道:"求求你别走，我不考了。"父亲给他买了汽水，擦好风油精，搀扶至门口。

杨敏安考了二百七十分，因残疾未被录取。他病过一场，给"亲爱的邓小平同志"写信。自述是为国家利益而残，希望国家给个机会，让他发光发热。落款为"身残志坚的忠诚战士小杨"。寄出信后，天天落掉魂灵头似的，往来于邮局和弄口传呼电话亭间。母亲说："领导人忙，立时三刻回不了信，"又说，"除了考试，别的事体也重要。你弟媳妇都快生小囡了。"

杨敏安道："猪猡活一辈子，就为了吃吃喝喝生小囡。我又不是猪猡。"抵不住母亲哀求，相过几趟亲。有趟相了个戆女人，对牢他笑不停。他戳着筷头道："都给我介绍的啥人。要么是老寡妇，要么缺胳膊少腿的。现在倒好，塞只戆大给我。当我废品回收站吗。"满座震惊。傻姑娘豁了嘴，半笑不笑，倏然落下泪来。杨敏安动摇了。事后对母亲说:"再给我三年辰光,不来事就讨了她。"

两年后,英语列入高考科目。杨敏安只学过俄语。买了教材,跟了电台,从 ABC 补起。忽一日,将收音机撩在地上,拍桌道:"记忆力越来越差。"父亲道:"老早让你别学,学了也没用。你是残疾人,要认命。"即刻懊悔言重。拾起收音机,调到《业余英语广播讲座》,凑近了,滋滋开响。杨敏安推开道:"你讲得对,我再也不学了。"

母亲闻言,即刻捆起教材送人。隔日拎了苹果和麦乳精,上傻姑娘家定亲。请人打好五斗橱和夜壶箱,添置一台水仙牌洗衣机。领过证,也不摆喜酒,草草搬作一处。婚后,杨敏安不与妻子说话。时或枯坐桌前,双手朝前捧着,仿佛阅读一本看不见的书。

一日看新闻,说高考录取体检放宽了。他报纸一扔,赶到区教育部确认。半晌,梦游似的回了家,朝妻子撩手一掌,"都怪你,毁我前途。"返身去厂里，绕了厂门兜转，逮人便说："我向邓小平上书，建议改革高考制度。他采纳了，也不早点回信告诉我，忒不够意思。"众人笑他脑子坏脱，又道："反正讨了只戆女人。一疯对一戆，正正好。"

写于 2015 年 10 月 26 日

改于 2018 年 1 月 5 日

彭娇娇

彭娇娇起念留学,是在大三下学期。母亲张爱娣与崇明知青聚会,回来道:"赵黑皮的儿子,要去美国当洋秀才了。小辰光木嚛嚛的,大了比娇娇有出息。"父亲彭健强说:"娇娇也会有出息。""喊,大专生一个,卖相又不灵,这辈子看死她。"

彭娇娇不语。逾数日,宣布说:"我要到新西兰念书。那里教育好,治安好,汇率好,学费便宜，签证容易，不考雅思，不歧视中国人，保不准还能移民呢。"一气念完，将印了蓝天碧海的宣传单片，甩在父母面前。

张爱娣乜斜了眼道："不要听风就是雨，中介想赚你钞票，一脬屎都讲得花好稻好。"

"现在中国文凭不值铜钿了，大学生多得溚出来。我面试这么久，实习都找不到，出国是唯一的翻身机会。有能力不帮，对得起我吗。"

彭健强道："帮，帮。"

张爱娣推他一记，"我们刚买断工龄，手头捂了点钞票，她就挖空心思算计。"

彭健强道："娇娇当年高考时拉肚子，没发挥好，你也有责任的，"拿出一元硬币，"问问老天爷吧，正面留学，反面不留。"双指一拨，硬币旋成银色球体，渐而减速，耗尽惯力而倒。彭娇娇拍手道："正面正面。"

张爱娣绷了脸，走去电话赵黑皮。赵黑皮说：

"你女儿比你有见识,出去镀层金回来,不要太长面子哦。你这当娘的,等了享福吧。"张爱娣笑了,"哪有这么好。"

彭娇娇拖着父母,走访数间中介,拿回一堆资料。张爱娣半夜起来,嗒嗒按弄计算器。"爱娣,做啥?""我睏不着。单位不要我们了,国家不管我们了,一点防身的养老铜钿,还要散出去。""妈,你就当是做投资,等我回国,翻倍赚钱还你。"

张爱娣渐渐定心,逢人便道:"新西兰是发达国家,文凭全球公认的。"忙乱停当,到了日子。全家起早,叫一辆出租车。三十二吋的牛津布拉杆箱,支棱着后备箱盖。彭健强和司机左推右塞。张爱娣击拍箱盖道:"一个女小囡,跑那么远做啥,也没个人照应。"

一路塞到浦东机场。三人浃了热汗,办完值机托运。彭娇娇冲进入关口。张爱娣喊道:"登机牌没丢吧。""没。""护照呢。""没。""都给我看看。""啊呀烦死了。"彭娇娇掏出来,转身一扬,见父母肩靠了肩,倾在铁栏杆上。父亲的涤纶衬衫领尖,一个外翻,一个内缩。母亲忘摘袖套,头发跟刨花似的,灰灰白白堆了一脑袋。她心软了,近前捏捏母亲的手,"对不起,再见。"张爱娣回捏她,"啰哩八嗦,别搞迟到了,飞机票万把块钱呢。"

彭健强买了二手电脑,学会拨号上网,每日拨个十几回。张爱娣问:"娇娇来信了吗。""没。"她凑到屏幕前,一睃,嚷道:"明明来信了,做啥骗我。"

彭娇娇的邮件,寥寥一二百字,抱怨新西兰像个大农村,"到处是矮房子,商店少得要命,卖的东西又贵,下午四点统统关门。天一黑路上就没人了。待在宿舍也没劲,电视机只有四五个频道。"

张爱娣读罢,老花眼镜一掼,"我说别留学的,没人听我。白眼狼,败家精,捧不起的刘阿斗,只会白白里烧钞票。"骂过一晌，逼了彭健强回信："娇娇，你妈说，留学不是请客吃饭，还望你勤奋学习，艰苦朴素，回来赚大钱。很想你，爸。"

彭娇娇不再抱怨，邮件也少了，个把月一封，写得仿佛学业报告书，"新西兰功课多，别再打国际长途了，有事上网写信。"她出了语言学校，入读怀卡多大学，专攻旅游管理。

一次春节回家，说及新西兰汇率大涨，学费也涨。张爱娣扔了筷子，拍腿跌足，"不停给你寄钱，还哭穷。有本事自己赚啊，外国不是遍地黄金吗。"彭娇娇也扔了筷子，拽上羽绒服出门。彭健强追赶不及，满地捡了筷子，赪红脸道："不回来呢，你拼命想她，回来呢，又吵相骂，"揩掉筷尖灰尘，挼着老伴肩膀道，"好了好了，别落眼泪水了。"

彭娇娇提前回校，自此假期再不探亲。彭健强去信道："你妈脾气躁，自己也后悔。她年纪大了,有高血压,还痛风,你原谅她吧。"彭娇娇只说:"我对她没意见,忙打工呢,毕业就回来。"

逾两年,学成。彭健强夫妇到机场,等了一上午,遥见一褐发姑娘,腮肉一抖抖地过来,"爸,妈"。张爱娣略发怔,探手掐她一把,"吃发酵粉了吗,胖得眼睛都寻不着。"彭娇娇甩开她的手。两厢无话,彭健强接过行李箱,走起来。

他们下馆子庆祝。彭娇娇面前堆了菜,却不动筷,"在减肥,不想吃。"张爱娣面色渐晦,"都是为你点的,一盘肉十八块钱,你当人民币是橘子皮吗。现在形势变了,海归不好混了,你有本事发大财呀。去个垃圾国家留学,剥削掉我们二十五万三千六百多块钱。我背也缩了,爬楼梯喘气,还要出去做老妈子,帮你还债。"彭健强道:"赵黑皮的儿子不是进外企了吗,工资万把块呢。""人家读的美国名校,学的计算机。她呢,旅游管理算个屁专业,出来当导游吗。""娇娇在外头吃了好几年苦,不容易的,至少英语学好了。来,娇娇,讲个英语给你妈听。讲啊,哈啰,耗欧达油。"

彭娇娇道:"我写过借据的,本金利息都还你们,不会赖掉。"张爱娣眼乌珠往斜兜里一睨,正欲说回去,彭健强道:"咦,那桌有个外国人,娇娇过去讲两句。"彭娇娇哼道:"你当是猢狲出把戏啊。"彭健强道:"你面皮忒薄了,以后到社会上,最要紧的是做人活络。"挥挥筷子,朝外国人嘿一声。彭娇娇砰然站起,膝盖窝将椅子朝后顶开。走出几步,回来抓双肩包。包带子勾着椅背,连抓两下不得。她甩手哭了起来。

写于 2016 年 12 月 23 日

姜维民

姜维民初见罗春萍,是在阶级教育展览会上。女生多穿的确良白衬衫,乔其纱碎花半截裙。唯独罗春萍,一袭改良江青服。娃娃领犹如花萼衬花苞,衬着她的脸。满头颈蜂花檀香皂气味。

三年后,姜维民中学毕业,考大学未遂。逢纺织局招工,分配到蜜蜂绒线厂。罗春萍念完卫校,进区传染病医院化验室。有人告知她母亲,"看到你家萍萍,坐在男人脚踏车后头。"孙瑞珍研诘一番,禁止交往,"姓姜的没有文凭。以你的卖相,起码寻个大学生。"

罗春萍谎称报名读夜校,每周三五晚,跑去外滩情人墙。姜维民在那里占位,与她就着黄浦江的水臭厮磨。有次到得晚了,墙边人头麻麻,插不进足,便辗转至甜爱路,勾着"小三角"散步。俄有电筒乱搠,怪笑四起,"又抓牢一对。"臂缠红袖章的联防队员打起围来,搜摸讯鞠。罗春萍哭了,咬定是自愿恋爱。写过检查,通知单位。

孙瑞珍又骂又劝,押送她上下班。姜维民天天到她家楼前"站岗"。孙瑞珍招来一屋子亲友,将女儿绑在椅子上,逼她告姜维民耍流氓。罗春萍说:"外头在严打,你想让他枪口上撞死是吧。孙瑞珍,你忒狠心。老早子你跟我爸划清界线,现在我跟你划清界限。"双足乱蹬,哑声嗷啕。孙瑞珍流泪道:"罢罢,我不认得你,你滚去那只文盲家吧。"

姜维民骑了"老坦克"来接罗春萍。遥见她站在街口。幸子衫,格纹裙。新烫了头发,刘海吹成"招手停",满额发胶闪闪。他鼻头酸热,想说什么,说不出。拍拍她脑袋,把刘海拍瘪了。她撅着嘴,跳上车。车把扭几扭,驶了起来。倏觉有人跟随。那人往电线木头后躲。信号灯翻绿了。灰的人形,灰的电线木头,在灰色路面上退远。

姜维民问:"坐稳吗?"

罗春萍答:"孙瑞珍跟踪我们。"

车过桥顶,加速下滑。姜维民衬衫后襟被风鼓满,列列颤动,仿佛一张白帆。罗春萍帮他掖好,手臂箍牢他腰。再回头时,母亲的小点身影,已然看不见。

姜家六口,居二十平。腾了个角落,拉一道布帘,给二儿子做新房。姜母与街坊喊测,说罗春萍生不出小囡,还有面孔当皇后娘娘。买小菜、拖地板、倒马桶,全是姜维民来。甚至相帮洗月经带。罗春萍听了,向丈夫哭诉。姜维民跟母亲吵,跟大哥吵。搪瓷面盆、钢盅镬子,掼得咣咣响。

第六年,姜家小阿弟买了商品房,接走父母亲。姜维民辞职,跟了阿弟到凤城路地板市场摆摊。未几,罗春萍有孕。休完产假,岗位变成日夜翻班。她要求换回常日班,领导不允,反将她从验血处调去验大便。她跟院长拍桌子,"我男人做大老板了,我稀罕你几只清水咣当的铜钿。"也辞了职。

姜维民给女儿取名爱晶,意为"爱情结晶"。爱晶九岁上,凤城路市场搬迁。姜维民撤了摊,欲赴日本打工。罗春萍弗肯,继而又同意,"这些年数忙得像只赤佬,没赚到多少钞票,铁饭碗也敲掉了。出去闯闯也好。"

姜维民借凑六万块钱,办理了商务签证。同行者约在人民广场汇合。他车过半途,发现忘带护照。咬牙叫了辆出租，回家取了，掉头直奔虹桥机场。罗春萍一路看手表、催司机、骂丈夫。六万块洋钿打水漂了。一家门吃西北风了。自己狗眼乌珠瞎掉，为了个窝囊废，亲生姆妈都不要了。姜维民缄默。及至登机入座，懊悔没和妻子话别。

亭午，飞抵大阪关西机场。姜维民一行冒充公司团队。出关时被疑造假。身后三人被拦截。姜维民逃进厕所，反锁隔间，坐在马桶盖上。听得中文广播反复唤他名字。他双脚并拢，沿了地砖缝往来蹭碰。想象脚上的缚带皮鞋，一只是罗春萍，一只是自己。

两小时后出来，同伴皆已不在，行李不知去往何处。他怕被人发现，翻起滑雪衫帽子，捂了一背热汗，在机场里兜转。入暮，秋风紧起，天色骤黑。他往门外张望。门玻璃映出一张贼骨头似的脸。颊颐发油，眼窝凹陷，嘴唇皴出血来。忽听得普通话声喧聒。他高呼"中国人帮中国人"，奔进人堆，掣住导游不放。导游相帮他买了电话卡，打给上海签证公司，让他们安排再次接机。

接到住处，已是后夜。姜维民摸摸索索，吞了半只馊面包，灌了一肚自来水，和衣躺下。床上已有人，是另一个"黑户口"。咂着嘴，抻着腿，将后来者顶至床沿边。姜维民翻身不得，一侧耳朵汪在眼泪里。翌日，有人给他送来行李，"公司这边两讫了，以后得靠你自己。"

姜维民出去觅黑工，不得。见室友以赌百家乐为业，便也跟了试运气，输掉五万日元。旬余，听闻东京机会多，伙着俩黑户口同往。找到一份搬钢材的短工。做罢，又拆房子，造自动扶梯。最后跟定个福建人，在建筑工地上做。日薪一万三。每月攒三十万，寄回上海去。

姜维民清晨四时起。电饭煲里舀两碗饭。买最便宜的鸡皮和卷心菜，炒一炒，带了跑。中午放到太阳头里晒晒热。夜间八时回家，剩菜冷饭一拌，吃个精当光。

他学了日本青年的样，头发染黄，耳垂打眼。仍怕被警察识破，工余闭门不出。任由电视机整日开响。抽烟，发呆，写日记。无事可记，便写罗春萍名字。写得一页页的。扔了笔，以头撞墙，纵声哭嚎。

唯一的朋友，是个上海老阿姐。常来包馄饨，噶三胡，留下过夜。姜维民絮絮讲述罗春萍。老阿姐道："听你讲起来，春萍漂亮活络又娇气。这种女的最让人不省心。你把她丢在国内六年多，肯定要出事体。"姜维民扇她一掌，命她穿衣走人，旋又后悔了。

月余，姜维民见老阿姐不来，便擀了一袋馄饨皮，拎去看望她。出地铁口时，被个警察盯牢了看。他直起背脊骨，径自往前冲。一冲不过，被拦下盘问。继而关到入管局，月后遣返回国。

姜维民做梦似的，在浦东机场落地。空气黏

凉。满地煤烟色梧桐叶,被踩得糟烂。出租司机问:"先生是华侨吗?"姜维民不语。密匝匝的楼,补丁似的广告牌,油绿色高架隔音挡板,接次晃过车窗。一牛仔裤少女走在应急通道,也晃了过去。姜爱晶亦是这般大吧,谈朋友了没,母亲会得管头管脚吗。罗春萍竟有四十五岁了。失业介许多年,每天做点啥事体。胖了吗,变了吗。姜维民浑身一抽,不敢想。阖眼仰向了座椅背。

  写于 2015 年 10 月 1 日

  改于 2018 年 1 月 3 日

张永福

张永福最早的记忆,是在五岁时。他抓了铁皮玩具飞机,立于梧桐树下。柏油马路被日头烤得黏软,咬黑了他的布帮胶底鞋。一个面皮焦黄的跑街老头横穿而过。肩上绕了一捆棕线,身后跟了个小伙子,沙着嗓子,边走边喊,"坏的棕绷修吧?坏的藤绷修吧?"俩人的白背心,汗在皮肤上,显出湿答答的肉色。

父亲站在马路对过,朝张永福招手。跑街老头停住,整理散落的棕线。小伙子放下麻布工具袋,捻捻手指头,复又拎起。张永福的目光,随了他们走。待到转回来时,父亲已躺在一辆公交车底下。

直至成年,张永福都没搞清楚,事情是怎样发生的。母亲不提,他也不问。只记得空马路上,展眼堆起人来。有个大屁股女人挡住他。几撮小黄鱼尾巴,从她的菜篮头里翘出。篮底滴答淌水。

父亲张宝根生前是新华无线电厂党委书记。母亲吴丽妹是车间主任,三八红旗手。自由恋爱结的婚。吴丽妹两次流产,查出慢性肾炎,辗转治疗。在"苏州神医"手上讨了方子,吃过半年中药,有了孕。

张永福落地时,足有八斤重,是有名的"胖阿囡"。厂里的阿姨爷叔,掐他胳膊,咬他屁股。吴丽妹为他订一份牛奶,丈夫去世后,又从工友那里争一份。早一瓶,晚一瓶,跟灌水似的。

及至上学,张永福往细瘦里长。丢沙包时,是捡沙包的;打乒乓时,是捡球的;跳鞍马时,是俯身作"鞍马"的。他更爱窝在床上看小人书。《说岳全传》《木匠迎亲》《狼牙山五壮士》。佝了背,越捧越近,仿佛整张面孔要钻进图画里去。

吴丽妹打他。用筷子戳脸,拧起一丁点皮肉,转上几转。还将他拦腰折起,用量衣尺扇屁股。打过一顿,成绩稍有长进,旋又跌落回去。吴丽妹对了遗像诉苦,口气似在吵架,"我俩都是最要强的,怎就生了个不长进的讨债鬼,白白里浪费牛奶。"黑白照片上的张宝根,一袭深色涤卡中山装,领口勒紧脖根,嘴唇微开,仿佛透不过气,又像要挤出一句训斥。

张永福念到初一,学校停了课。隔壁沪生的三花猫死了。他将它夜半埋到隔壁弄堂,被人发现,关押起来。说弄死"猫",是影射弄死"毛"。吴丽妹去作证,猫是吃坏肚皮,自己死的,她亲见它在煤饼上拉黄色稀便。沪生洗脱"恶毒攻击伟大领袖"罪名，获释回家。沪生老婆跑来，关紧房门，挼了吴丽妹的手，不敢哭出声，鼻头红红，五官拧起来。张永福看在眼里，夜间听得吴丽妹磨牙，便梦见父亲，站在上街沿，振臂高呼："不许攻击伟大领袖。"他惊坐而起，噎了一口气，不知身在何处。

翌年，复课闹革命。张永福做"逍遥派"。同学们批斗、串联、贴大字报，他窝在家看书。张宝根留了整柜书，逐一标号，包上牛皮纸。归为经、史、马列经典、古代文学、现代文学、外国文学。吴丽妹将它们扎进樟木箱，垫在棕绷床架下。张永福趁她外出，抬起床架，从箱角里抽一本。

吴丽妹不常在家。她是"赤卫队"活跃分子。一日归来，流了满胳膊血，说是中了"工总司"的砖头。觑张永福一眼，"哭啥哭，革命就是流血流汗。"她在家休养，亦不得闲。与沪生老婆辩论，辩着辩着，两厢乱骂，竟至推搡。小个子吴丽妹，犹如弹皮球一般，弹在沪生老婆肥厚的胸腹间。"儿子，儿子。"张永福搓着手，随了两个女人转。吴丽妹调头，抡了他一掌，"娘娘腔，缩头乌龟，死样怪气，一点不像男人。"沪生老婆笑了，"活该，自己肚皮不争气，生了只窝囊废。"张永福耳郭烫红，避远了，"你们不是一直很要好吗。"

翌年，张永福初中毕业，被分配至深井机械厂，做电焊工。三年学徒期满，工资从十八块涨到三十六块。再过三年，涨到三十九块。同时进厂的青年，都已涨至四十二块。生产科长说，小张人是好人，不会来事体。他给他介绍对象。

林娟是生产科长爱人的同事，从崇明农场回来不久。初次见面，他迟到了，遥看她在树荫里，与介绍人并排站。白色的确良衬衫，湖蓝乔其纱裙子，墨墨黑的圆头人造革皮鞋。两根细黄的麻花辫，跟宽面似的，挂在肩胛上。她反复咬嘴唇，好使它们显得红艳。风向一抖,阳光碎粼粼的,从树叶缝里洒向她。

林娟嫌张永福闷,还嫌他穷。介绍人说:"你也二十九了,年龄不饶人。小张是个老实头,至少不会欺负你。给他机会,也是给自己机会。"

第二次单独约会,在人民公园。林娟步子大且快,像是一路拖着张永福走。她说起父母双亡,只剩个晚娘。返城后住在四阿哥家,四阿嫂成天介给她看面孔。忽道:"你在想啥呢,老是不讲话,都是我在讲。"张永福面颊一抽,吱不得声。

第三次约会,去"大光明"看《少林小子》。暗场之后,分头进影院,摸到连号位置。她猫爪子样的手,搭在座椅把上,被银幕照得发光。他眼角乜斜,不知电影在说什么。那手倏尔跳起,抓了抓额头。她扭过脸来,朝他一笑。

婚后第三年,有了个儿子。四人挤在十平米里。婆媳天天吵相骂,逼张永福站队。张永福这头劝劝,那头劝劝,说:"算了算了,让我出家当和尚去。"林娟把个搪瓷面盆砸得咣咣响,"快去呀,不中用的男人,一辈子害煞我。"吵过三年,吴丽妹得了肝癌,查出已是晚期。逝前咬牙道:"我是给那只雌老虎活活气死的。"

儿子张曦五年级时,张永福分到了房。一室半,在曲阳新村。他们封掉阳台,安上推移玻璃窗。张永福下班得闲,翻翻旧书,抬眼见儿子在阳台里伏案作业。头发茸茸地黏了汗,背脊如一拱小山丘。他蹑足走进阳台,"你写,你写,不用管我,"又道,"别太卖力了,出不出尖无所谓,平平安安才是福。"转而俯窥窗下。中年男女扎堆跳舞,林娟也在其间。她佩戴了全副家当——金耳圈、珍珠项链、碎钻戒指,和一只色泽浑暗的油青镯子。跳快三时,胸脯、腹部、小腿肚,齐齐抖动。她是他的妻子。张永福头脑里哗哗旋转,也似跳起舞来。

逾数年，张曦考取复旦中文系。林娟也下岗了，厂里送来奖状，"光荣退休"，裱在玻璃镜框里。她膝盖长骨刺，跳不动舞，便到小区花园搓麻将。搓过几年，听闻儿子被保送研究生了，哼道："书蠹头，有屁用。你看你爸没事体捧本书，照样穷得淌淌滴。"

张永福去研究生宿舍楼探望。张曦趿了拖鞋出来，说学业重，没空回家。眼神乱飘，打开塑料袋，检视父亲买的葡萄、生梨、苹果。张永福说："葡萄洗过了，分袋装的，抓紧先吃，"睃一眼张曦，"打扰你了吧。我随便看看，你忙你的。"欲待相帮拎水果，被连声拒绝。

张永福目视儿子独自上楼，又站远开去，盯住三楼窗户。盯一晌，返身去到本部校园，走走逛逛，人中不觉滋出了汗。买一只打折的圆面包，坐在毛泽东像底下吃。校门口，新鲜面孔穿梭，使他有时光恍错之感。他也年轻过，面对即将展开的人生，心觉惶恐。幸亏唰地一下，就过来了。张永福鼓了腮，说不出滋味。太阳淡成金白色，迟疑不决地吊在教学楼顶旁。他睒睒眼睛，咬掉最后一口面包。

　　　　　　　　　　　写于 2013 年 5 月 26 日

　　　　　　　　　　　改于 2017 年 10 月 28 日

图书在版编目（CIP）数据

药水弄往事/任晓雯著.-上海：上海文艺出版社.2021
ISBN 978-7-5321-7752-3

Ⅰ.①药… Ⅱ.①任… Ⅲ.①短篇小说－小说集－中国－当代
Ⅳ.①I247.7

中国版本图书馆CIP数据核字(2020)第122974号

发 行 人：毕　胜
策　　划：李伟长
责任编辑：乔晓华　项斯微
封面设计：钱　祯
封面插画：施晓颉×公号：痴吃喵

书　　名：药水弄往事
作　　者：任晓雯
出　　版：上海世纪出版集团　上海文艺出版社
地　　址：上海市绍兴路7号　200020
发　　行：上海文艺出版社发行中心
　　　　　上海市绍兴路50号　200020　www.ewen.co
印　　刷：杭州锦鸿数码印刷有限公司
开　　本：787×1092　1/32
印　　张：5.375
插　　页：5
字　　数：64,000
印　　次：2021年1月第1版　2021年1月第1次印刷
ＩＳＢＮ：978-7-5321-7752-3/I・6160
定　　价：45.00元
告 读 者：如发现本书有质量问题请与印刷厂质量科联系　T:0571-88855633